FUSION FANTASTIC STORY
A Bittersweet Life

미더라 장편 소설

즐거운 인생 6

미더라 장편 소설

초판 1쇄 찍은 날 § 2015년 1월 13일
초판 1쇄 펴낸 날 § 2015년 1월 20일

지은이 § 미더라
펴낸이 § 서경석

편집부장 § 권태완
편집책임 § 이창진

펴낸곳 § 도서출판 청어람
등록번호 § 제387-1999-000006호
등록일자 § 1999. 5. 31
어람번호 § 제1-2025호

주소 § 경기도 부천시 원미구 부일로 483번길 40 서경B/D 3F (우) 420-822
전화 § 032-656-4452 팩스 § 032-656-4453
http://www.chungeoram.com
E-mail § chungeorambook@daum.net

ⓒ 미더라, 2014

ISBN 979-11-04-90056-3 04810
ISBN 979-11-316-9220-2 (세트)

즐거운 인생

6

FUSION FANTASTIC STORY

A Bittersweet Life

미더라 장편 소설

도서출판 청어람

CONTENTS

CHAPTER **30**
과속 스캔들

디리리링.

띵띵. 띠딩.

주혁과 소영은 기타를 고르고 있었다. 둘 다 극 중에서 기타를 연주하는 부분이 있어서였다. 주혁은 기타를 잘 치지는 못했지만, 그래도 얼추 코드를 잡고 뚱땅뚱땅 칠 수는 있었다. 예전에 살짝 만져본 경험이 있었으니까. 하지만 소영의 경우에는 아예 처음부터 기타를 배워야 했다.

사정이 이렇다 보니 어디 기타를 가지고 있겠는가. 그래서 연습용 기타를 사러 온 거였다. 그래도 음악을 하는 역할로 나오는데 어설픈 모습으로 기타를 칠 수야 없는 노릇이었으니까. 그런데 주혁이나 소영이나 기타에 대해서 뭘 알겠는가. 그래서 이승효가 동행했다.

"어따, 좋네요. 역시 공기는 바깥 공기가 좋아요. 그죠?"

"그러니까 맨날 방구석에만 박혀 있지 말고 좀 돌아다녀. 운동도 좀 하고. 배가 그게 뭐냐?"

예전의 날렵하던 모습의 이승효는 없었다. 움직이지는 않고 계속해서 앉아서 일해서인지 배가 뽈록 나왔다. 다른 곳은 살이 찌지 않았는데, 올챙이처럼 배만 뽈록 나오니 더 보기가 싫었다. 승효는 배를 쓱쓱 문지르더니 천연덕스럽게 말했다.

"이게 다 직업병 아닙니까, 직업병. 내 배가 이렇게 되지 않았더라면 아토 애들 히트곡도 이 세상에 나오지 못했던 말이다, 이거죠. 그리고 보기도 그럭저럭 괜찮네요. 얼굴이 워낙 받쳐 주니까 뭐."

승효는 거울에 비친 자기 모습을 보더니 어처구니없는 망발을 내뱉었다. 그 근거 없는 자신감이 어디서 나오는 건지는 모르겠지만, 하여간 뻔뻔한 걸로는 국가대표급이었다.

하지만 그의 말이 완전히 틀린 것도 아니었다. 그가 히트곡 대부분을 작곡한 건 부인할 수 없는 사실이었으니까.

사실 서교동 멍뭉이라고 하면 꽤 유명했다. 곡을 달라고 들어오는 청탁이 무시무시할 정도였다. 하지만 승효가 워낙 까다로워서 곡을 받는 가수는 그리 많지 않았다.

하지만 오늘은 작곡하러 온 것이 아니라 기타 사는 걸 도와 주러 온 것이니 임무에 충실해야 할 터. 승효는 실력이나 여러 조건에 맞추어 기타를 골랐다. 먼저 소영이의 기타를 고르기로 했는데, 뜻밖의 문제 때문에 생각만큼 쉽지 않았다.

"코드가 잡히질 않는데?"

"흠, 손이 너무 작네요. 완전 애기 손이네?"

소영이 보통 기타를 가지고 연주하는 포즈를 취해봤는데, 애가 큰 보따리를 들고 있는 것 같은 느낌이 들었다. 체구가 작다 보니 맞지가 않았다. 그래서 소영에게 맞는 작은 기타를 찾아야 했다.

그래도 가능하면 좋은 물건을 찾아주고자 하는 욕심에 일행은 발품을 좀 팔아야 했다. 그러다 상가의 구석진 곳에 있는 가게에서 딱 맞는 물건을 발견했다.

"이 정도면 괜찮네요. 크기도 적당하고."

"소영이는 어때? 잘 맞는 것 같아?"

"잘 모르겠는데요? 아까 거보다는 편한 것 같기도 하고. 아빠가 보기에는 어때요?"

"어허, 그렇게 부르지 말라니까.

주혁은 기겁을 하면서 주변을 살폈다. 아무도 신경 쓰지 않은 게 천만다행이었다. 소영이가 주혁을 아빠라고 부른 데는

다 이유가 있었다.

이 역할이 소영이 생전 처음 맡은 주연이었다. 그래서인지 소영의 결심은 아주 대단했다. 캐릭터를 완벽하게 소화하겠다며, 영화 촬영은 아직도 시간이 제법 남아 있었는데 영화 속 캐릭터처럼 행동하고 말하고 다녔다.

지금부터 배역에 몰입해서 촬영할 때는 완전히 몸에 익게 하겠다면서. 그래서 주혁을 보고도 아빠라고 불렀다. 이게 연습실에서 연기할 때야 얼마든지 그래도 상관없지만, 밖에 다니면서 그렇게 부르면 주변 분위기가 아주 묘해졌다.

사람들이 주혁과 소영을 보고는 수군댔는데, 무슨 말을 하는지 듣지 않아도 뻔했다. 주혁을 보고 원조교제를 하는 천하에 나쁜 놈이라고 하는 것일 터였다.

미치고 팔짝 뛸 일 아니겠는가. 그렇다고 해명을 할 수도 없는 일이다. 선글라스까지 벗고 정체를 드러냈다가는 무시무시한 후폭풍이 몰아칠 것이다. 인기 배우의 원조교제. 이런 건 한번 소문나면 진실과는 상관없이 꼬리표처럼 따라다닌다.

사람들에게 진실은 별로 중요하지 않다. 자신이 믿고 싶은 것만 믿으니까. 그래서 진실이 밝혀져도 피해가 계속되는 경우가 허다하다. 그러니 아예 그런 소문이 나지 않게 미연에 방지하는 게 최선이다.

하지만 한편으로는 대견하기도 했다. 첫 주연이니 완벽하게 연기하겠다고 이런 노력까지 불사하는 후배에게 뭐라고 할 수 있겠는가. 그래서 그냥 그러려니 하고 넘어갔다. 가끔 이렇게 푸념처럼 이야기할 때도 있었고.

소영의 기타는 아예 두 개를 샀다. 하나는 연습용이고, 하나는 꽤 좋은 기타를 장만했다. 좋은 기타는 나중에 영화 촬영을 할 때 써도 좋을 만한 것으로 장만했다. 주혁의 기타도 두 개를 샀는데, 그리 비싸지는 않은 것으로 골랐다. 비싼 악기를 다룰 정도의 실력이 아니라는 걸 본인이 가장 잘 알고 있었으니까.

"일단 회사 들러서 승효 떨구고, 세트장 들렀다가 제작사로 가자. 오늘도 오디션 본다고 했으니까."

"네, 좋아요."

"잠깐만요. 왜 저는 떨군다는 거죠? 기타까지 정성스럽게 고른 저를요?"

승효는 자신도 따라가고 싶은지 자리에 누울 기세였다. 하지만 지금 일도 많이 있는 걸로 아는데, 그냥 퍼지게 내버려둘 수는 없었다.

"일 많지 않아?"

"일이야 항상 많죠. 언제 적은 적이 있었던가요? 다 제가 알아서 하니까 걱정 마시고 기수를 돌리시죠."

승효는 태연한 척했지만, 발끝이 살짝 떨리는 걸 감추지는 못했다. 놀러 가고 싶어서 뻥을 치는 거였다. 다른 사람이라 면 모를까, 회사 사정을 속속들이 알고 있는 주혁에게 그런 블러핑은 통하지 않았다.

회사에 도착하자 주혁은 냉정하게 말했다.

"장백아, 손님 가신다."

"이럴 수는 없는 겁니다, 형님. 주혀기 형님 배신즈아."

승효는 안간힘을 써보았지만, 장백의 힘을 당할 수는 없었 다. 승효는 가볍게 들려서 차 밖으로 옮겨졌다.

"요즘 바쁘잖아. 조금 여유 생기면 어디 여행이라도 같이 가고 그러자."

"여행이요? 진짜요?"

승효는 금방 표정이 바뀌었다. 여행이란 말에 눈이 번득였 다. 안 그래도 이번 영화 끝나고 직원들하고 여행을 한번 갈 까 생각 중이었다. 그동안 수고한 것도 있고, 회사도 어느 정 도 궤도에 올랐다는 생각에서였다.

아무리 일이 좋다고 해도 일만 계속 하면서 살 수는 없지 않은가. 적당한 때에 휴식하는 것도 필요했다.

주혁의 말에 승효는 싱글벙글하면서 인사했다.

주혁도 알고 있었다. 승효가 사람들과 같이 있고 싶어 한다 는 걸.

주혁이야 늘 사람들과 같이 일하는 직업이지만, 승효야 어디 그런가. 혼자서 일과 씨름해야 할 때가 더 많았다.

게다가 아직 팔팔한 청춘 아닌가. 능청스럽게 보이기는 해도 82년생이었으니 스물일곱 살에 불과했다.

주혁은 승효가 엉덩이를 흔들면서 안으로 들어가는 걸 확인하고는 출발하라고 했다.

"니들은 좋겠다. 오자마자 여행도 가고."

주혁은 윤미와 장백에게 말했다. 아마도 이들은 주혁과 같은 날짜에 여행을 가게 될 것이다. 아마도 두 팀으로 나누어서 여행을 가게 될 터인데, 이들은 주혁과 세트로 움직여야 하는 인원이었으니까.

"저희도 가는 겁니까? 형님, 굉장히 좋습니다."

"정말요? 어디로 가는데요?"

"아직 장소는 정해지지 않았는데, 그동안 실적이 좋았으니까 외국으로 갈 확률이 높을 것 같아."

다들 여행 생각에 들떴는지 차 안 분위기가 들썩였다. 소영이도 여행을 간다니까 기대가 되는 모양이었다.

신이 나서 이야기를 해서인지 시간이 얼마 지나지 않은 것 같은데 벌써 인천에 도착했다.

일행은 세트장 작업을 하고 있는 사람들에게 식사 대접을 했다. 잘 부탁한다는 말과 함께. 경인방송 사옥에 있는 빈 공

간을 라디오 스튜디오처럼 만드는 작업이었는데, 가서 보니
제법 그럴싸해 보였다.

"잘 부탁드립니다."

"잘 좀 부탁드릴게요."

둘 다 인사를 했는데, 특히 소영은 사람들 사이에서 인기
만점이었다. 깜찍한 소녀가 돌아다니면서 인사를 하니 사람
들의 표정이 확 살아났다.

"하이고마, 이러지 않으셔도 되는 긴데."

오히려 일하던 사람들이 쑥스러워하는 경우도 있었다. 소
영은 그래도 성에 차지 않았는지, 다음에 한 번 더 오겠다고
말해서 사람들의 환호를 받았다.

"인석아, 그렇게 좋냐?"

"그럼요, 첫 주연인데요. 정말 잘되었으면 좋겠어요."

"너 하는 걸 보니 분명히 잘될 거다. 그나저나 아역이 잘
뽑혀야 할 텐데."

사실 가장 어려운 부분이었다. 이 영화는 아역의 비중이 굉
장히 컸다. 그러니 아역의 캐스팅이 영화의 성패를 좌우한다
해도 과언이 아니었다. 그래서 주혁와 소영도 오디션을 보러
가는 거였다.

"소영아. 우리나라에 아역을 하고 싶어 하는 애들이 이렇
게 많았던가?"

"그, 그러게요. 저도 이 정도일 줄은……."

엄청났다. 아이와 어머니가 오디션을 보기 위해서 대기하고 있었는데, 아이들이 좀 시끄러운가. 오디션장은 정말 아수라장이 따로 없었다.

애들은 주혁과 소영이 누군지도 모르고 자기들끼리 장난치고 노느라고 정신이 없었다.

주혁과 소영은 얌체공처럼 어디로 튈지 모르는 아이들을 피해서 오디션 장소로 들어갔다.

"감독님."

"어, 주혁 씨, 소영이도 왔네?"

감독은 정신이 하나도 없는 표정이었다. 얘기를 들어보니 숫자만 많고 다 거기서 거기 같아서 고르기가 너무 어렵다는 거였다.

주혁이 잠깐 봤는데도 정말 그랬다. 나이가 어리다 보니 다 비슷해 보였다.

주혁은 감독과 이야기를 좀 나누었는데, 하도 마음에 드는 아역이 없어서였다. 감독은 선발의 어려움을 토로했다.

"이게 연기 학원에서 배운 애들이 대부분인데 나는 오히려 부자연스럽게 느껴지더라고. 꼭 나 지금부터 연기해요, 하고 연기 시작하는 느낌이야. 애들이라서 그게 더한 것 같아."

"사실 나이가 너무 어리니까 연기를 하라고 하는 게 쉬운 일은 아니죠. 그래도 한 열 살 정도는 되어야 그래도 좀 나을 텐데 말이에요."

그렇게 고민을 토로하다가 조금 색다른 의견이 나왔다. 연기 학원에 다닌 애들이 오히려 부자연스러우니까 오히려 전혀 배우지 않은 아이들 중에서 쓸 만한 애들이 있는지 보자는 거였다.

"괜찮을까?"

"일단 해보죠. 해봐야 어떤지 알 수 있잖아요."

주혁과 소영은 조금 더 오디션을 보았지만, 마땅한 아역이 보이지는 않았다. 그리고 아역을 찾았다는 소식을 들은 건 그로부터 며칠 뒤였다.

주혁과 소영은 단숨에 달려갔다. 자신들과 호흡을 맞출 아역이 과연 어떤 아이일까 궁금해서였다.

일단 첫인상은 합격이었다. 정말 귀엽고 개구쟁이처럼 생긴 아이였다. 그리고 일단 표정이 풍부했다. 다양한 표정이 있어서 연기에 도움이 될 것 같았다.

그런데 애가 연기를 하는 걸 보고 주혁과 소영이 깜짝 놀랐다.

"감독님, 정말 놀라운데요? 정말 애가 여섯 살 맞아요?"

"그래요. 애가 하는 연기가 아닌데요?"

둘은 너무 놀라서 입이 다물어지지 않았다. 상대를 하는 성인 배우의 연기에 맞추어 다양한 표정을 보여주었기 때문이었다. 여섯 살짜리가 가능한 연기가 아니었다.

그런데 주혁은 가만히 보다가 무언가 이상한 점을 발견했다. 꼬마가 감독만 계속 쳐다보고 있었기 때문이었다.

그리고 아이의 연기에 어떤 트릭이 있는지 알 수 있었다. 사실 아이의 표정은 그리 많지 않았다. 세어보니 대충 다섯 가지 정도가 되었다. 그리고 감독이 손가락으로 지금 뭘 해야 하는지 알려주는 거였다.

지금도 그랬다. 감독이 손가락 네 개를 펴자 아이는 이리저리 눈치를 보았다. 그리고 잠시 후에 손가락이 하나로 바뀌자 멍때리는 표정을 지었다.

"감독님, 이건 연기가 아니잖아요."

"차라리 이게 더 나을 것 같더라고. 작위적이지 않고 자연스럽잖아. 오히려 학원에서 배운 애들의 기술적이고 정형화된 연기가 훨씬 더 어색해."

주혁은 조금 걱정되기는 했다. 과연 저 몇 가지 안 되는 표정을 가지고 영화를 무사하게 찍을 수 있을까가 의문이었으니까. 하지만 소영이는 아이가 마음에 든 것 같았다.

"그래도 쟤가 1,000 대 1을 뚫은 아이야."

"그래요? 정말 엄청난 경쟁률을 뚫고 뽑힌 거네요."

주혁은 아이의 얼굴을 가만히 쳐다보았다. 꼭 찐빵같이 생겼다는 생각이 갑자기 들었다. 주혁은 아이에게 다가가서 손을 내밀었다.

"반갑다. 내가 니 할아버지다. 넌 누구니?"

아이가 큰 소리로 외쳤다.

"왕기동입니다!"

촬영까지는 아직 시간이 남아 있었지만, 주혁은 정신없이 바빴다. 준비할 게 워낙 많아서였다.

일단은 살을 찌우는 중이었다. 적당히 살이 올라야 더 어울리기 때문이었다. 하지만 그거야 뭐 어렵겠는가.

살을 빼는 건 정말 어렵지만, 찌는 건 금방이다. 잘 먹고 운동을 하지 않으니 나날이 살이 붙었다. 그리고 그렇게 몸과 얼굴에 살이 붙자 연기 연습을 하는 데도 도움이 되었다. 확실히 살이 있는 편이 느낌이 잘 살았으니까.

"아, 아니, 여긴 어쩐 일로."

"왕보경이 우리 엄만데."

"근데요?"

"모르세요?"

"알아야 돼요?"

주혁과 소영은 문을 사이에 두고 문을 열었다 닫았다 하면서 대사를 했다. 주혁이 대사를 하면서 문을 닫으려고 하면, 소영이 대사를 맞받아치면서 문을 열려고 했다. 표정도 아주 재미있었다.

주혁은 다양한 표정이 얼굴에 드러났고, 소영은 조금 뻔뻔한 표정으로 대사했다. 주혁은 굉장히 오버하면서 연기를 했는데, 그 때문에 소영은 연기를 하다 말고 웃음을 터뜨리기 일쑤였다.

"아빠, 그렇게 너무 오버 하지 마요. 너무 장난 같잖아."

"야, 원래 이렇게 해야 느낌이 사는 거야."

주혁은 나름대로 지금까지 분위기를 버리려고 일부러 잔뜩 오버하는 연기를 했다. 그래야 코믹 연기가 몸에 익을 것 같아서였다. 하지만 소영이는 그런 주혁을 처음 봐서 그런지 자꾸만 웃음을 터뜨렸다.

소영이는 처음에 캐릭터를 잡는 데 조금 애를 먹었다.

하지만 주혁과 연습을 하면서 감을 잡더니 이제는 뻔뻔한 연기도 아주 잘 소화했다. 그러나 적당한 선을 유지했다. 지금 생각하고 있는 연기가 정작 촬영에 적합할는지는 봐야 아는 거였으니까.

그래서 최대한 감독에게서 들은 캐릭터의 느낌을 살리는 데만 주력했다. 그리고 연기 연습을 할 시간도 그렇게 넉넉하지는 않았다. 다른 할 일도 많아서였다.

바로 기타와 노래 연습이었다.

"주혁 씨는 사람이 점점 편안하게 보이네요."

보컬 트레이너가 욕인지 칭찬인지 모를 이야기를 건넸다. 정말 살이 적당히 오르니 사람 좋아 보인다는 말을 많이 들었다. 주혁을 본 사람들이 모두 예전보다 지금이 더 좋아 보인다고들 했다.

"그래, 너무 마른 것도 좋지 않아요. 사람이 살집도 적당히 좀 있고 그래야지. 얼마나 좋아, 그냥 보기만 해도 푸근해 보이잖아."

기 대표도 지금이 훨씬 보기 좋다면서 계속 이 상태를 유지하라고 했지만, 주혁은 영화가 끝나면 예전 몸으로 되돌릴 생각이었다. 이런 모습이 싫어서가 아니라 예전 몸 상태를 유지하는 게 더 좋다고 판단해서였다.

건강의 문제가 아니었다. 어떤 배역이든 섭외가 들어왔을 때, 대처하기 가장 좋은 상태였기 때문이었다. 근육질의 몸이 필요한 배역은 그냥 그 상태로 들어가면 되는 것이고, 만약에 살집이 좀 있어야 하는 역이면 찌우면 되니까.

하지만 살이 좀 있는 상태에서 근육질의 몸으로 만들려면 시간이 오래 걸린다. 그러니 탄탄한 근육질의 몸 상태를 유지하는 게 배우로서 가장 준비된 상태라고 주혁은 생각하는 거였다. 그래서 적어도 30대 중반까지는 그러리라 생각하고 있었다.

"그래, 준비는 잘 돼가고?"

"그게, 소영이는 곧잘 하는데, 주혁 씨가 아직……."

기 대표는 뜻밖이라는 표정이었다. 주혁이 만능인 줄 알았는데, 못하는 것도 있었느냐는 그런 얼굴이었다. 주혁은 멋쩍게 웃을 수밖에 없었다. 보컬 트레이너의 말이 사실이었고, 주혁 자신도 자기 노래에 만족을 못 하고 있었으니까.

"뭐, 촬영 전까지는 어떻게든 해봐야죠."

"그래, 그럼 수고하라고."

기 대표가 웃으면서 밖으로 나갔고, 본격적인 연습이 시작되었다. 소영은 분위기가 좋은 상태에서 연습이 진행되었고, 주혁은 그 반대였다.

딱딱딱.

"노래는 목으로 부르는 게 아닙니다. 몸 전체를 사용해야 한다니까요."

보컬 트레이너가 막대기로 책상을 때리면서 말했다. 주혁은 적어도 흠 잡히지 않을 정도의 수준을 원했지만, 쉽지 않았다. 이론적으로야 알 수 있었다. 하지만 아는 것과 실제로 할 수 있는 것 사이에는 엄청난 차이가 있었다.

이상하게도 잘될 것 같은데, 어느 시점부터는 발전이 없었다. 오히려 노래가 느는 속도는 주혁보다 소영이가 훨씬 빨랐고, 그래서 소영이가 항상 주혁을 놀려댔다.

주혁은 다시 노래를 불렀는데, 보컬 트레이너는 여지없이 막대기를 쳐서 노래를 중단시켰다.

"자, 자, 주혁 씨, 지금 너무 잘하려고 하는 게 문제예요. 준비가 덜 된 상태에서 너무 기교만 부리려고 하니까 이상하게 들리죠."

보컬 트레이너의 지적이 정확했다. 그리고 예를 들어서 설명을 해주자 어떤 점이 문제였는지 더 명확하게 알 수 있었다.

"주혁 씨는 배우니까 연기를 예로 들어볼까요? 연기 실력이 이제 걸음마 단계인 사람이 잘하는 배우 흉내를 내려고 하는 거하고 비슷할 거예요."

그제야 주혁은 자신이 뭘 잘못하고 있는지 깨달았다. 노래를 잘 부르려고 한 게 아니라 잘 부르는 것처럼 보이는 데 포커스를 맞춘 거였다.

보컬 트레이너는 기교를 전부 빼고 느낌과 감성에 집중해서 노래를 부르라고 조언했다.

주혁은 머리를 흔들어서 잡념을 없앴다. 화려하게 보이고 멋들어지게 보이려는 생각을 모두 지웠다. 그냥 노래 자체에 집중했고, 어떤 감정으로 무슨 느낌을 전달하려는지에만 생각을 집중했다.

주혁의 입에서 노래가 흘러나왔지만, 보컬 트레이너의 막대기는 움직이지 않았다. 오히려 보컬 트레이너는 살짝 눈을 감더니 몸과 고개를 움직이기 시작했다. 그리고 노래가 끝났을 때, 그는 가볍게 손뼉을 쳤다.

"훨씬 좋네요. 그런 식으로 하는 겁니다."

주혁은 겉멋은 전부 빼고 불렀다. 자신이 초보라는 걸 인정하고 연기를 한다고 생각하고 노래를 불렀다.

그러자 예전보다는 훨씬 좋게 들렸다. 애초에 바이엘을 치는 사람이 피아니스트처럼 현란한 기교를 했으니 이상할 수밖에 없었던 거였다.

주혁은 역시나 세상에는 쉬운 게 없다는 걸 다시 한 번 깨달았다. 그런데 주혁이 연기를 한다는 생각으로 노래를 부르니 보컬 트레이너의 반응이 점점 달라졌다.

"참, 묘하네요. 아주 독특한 느낌인데요. 마치 오래 묵힌 술하고, 빚은 지 얼마 되지 않은 술을 섞은 것 같은 느낌? 아무튼, 신선하네요."

그러면서 이런 느낌이라면 괜찮을 것 같다고 했다. 촬영을 하고 손을 좀 보면, 굉장히 독특한 톤의 노래가 나올 것 같다면서.

그 말에 주혁은 무척 기뻐했는데, 보컬 트레이너는 그렇다고 착각하지는 말라고 했다.

"노래를 잘 부른다는 게 아니에요. 아주 독특할 거라는 거지."

하지만 주혁은 그 정도면 충분하다고 생각했다. 기껏 한 달 연습해서 어떻게 가수 뺨치는 실력을 만들 수가 있겠는가. 주혁의 판단으로는 뭔가 색다른 느낌만 줄 수 있어도 성공이었다.

그리고 기타는 적당히 하다가 포기했다. 아무리 연습해도 그 시간 안에 가수가 기타를 치는 정도의 모습을 보여줄 수는 없을 것 같았다. 그래서 앞부분만 연습했다.

그러면서 노래나 기타도 조금 배워 뒀으면 좋았을 텐데 하고 중얼거렸다. 하지만 옆에서 같이 연습하던 소영이의 생각은 조금 달랐다.

"난 지금이 더 좋은데. 못 하는 것도 좀 있고 그래야죠. 다 잘하면 그게 사람이에요? 기계지?"

그녀는 지금 주혁의 모습이 훨씬 좋다고 했다. 예전엔 멋있었지만, 지금은 친근하게 느껴진다면서. 하기야 사람이 어떻게 모든 걸 다 잘할 수 있을까.

주혁은 어딘가 조금 부족한 면이 있는 것도 나쁜 것만은 아니겠다는 생각을 했다.

　　　　　　*　　　*　　　*

　드디어 첫 촬영일이 되었다.

　모두가 긴장하고 있었다.

　첫 촬영은 주혁이 CF를 찍는 장면이었다. 우스꽝스러운 복장을 한 주혁이 아이들과 함께 돈가스 CF 촬영을 하는 장면이었다.

　쏴아아.

　세트장 안에서도 소리가 들릴 정도로 비가 많이 쏟아지고 있었다. 야외 촬영이라도 잡혀 있었더라면 큰일이었겠지만, 오늘은 세트장에서 CF 장면만 촬영하면 끝이었으니 큰 문제는 없었다.

　첫 촬영이다 보니 긴장하고 있는 사람이 많았다. 그중 한 명이 강형기 감독이었다. 신인 감독의 데뷔작. 그 첫 촬영을 수많은 관계자들이 보고 있는 가운데 진행하려니 얼마나 떨리겠는가.

　특히나 강형기 감독은 영화계에 있으면서 좋지 않은 일을 많이 겪어서 그 긴장감이 더했다. 자신이 관여한 영화는 이상하게도 중간에 엎어지는 경우가 많았던 것이다. 그래서 오늘 촬영을 잘못하면 이 영화도 엎어지지 않을까 하는 일말의 불안감까지 가지고 있었다.

"뭐하세요? 시작해야죠."

"잠깐만. 이게 긴장이 돼서."

감독은 가슴을 부여잡고 심호흡을 하면서 마음을 안정시키고 있었다. 그렇게 감독은 바짝 긴장하고 있었지만, 촬영장의 전반적인 분위기는 좋았다.

비가 오고 있기 때문이었다.

영화계에는 근거 없는 속설이 많았는데, 촬영 첫날 비가 오면 대박이 난다는 말이 있었다.

"비가 아주 시원하게 내리는군요."

"그러게나 말입니다. 이거 첫날부터 대박 조짐이 보이네요."

사실 큰 의미가 있는 건 아니겠지만, 대박의 징조라는데 싫어할 이유야 있겠는가. 그리고 소영이 촬영장에 나온 것도 관계자들은 무척 좋게 보았다.

소영은 촬영 분량은 없었지만, 응원도 할 겸 구경하러 와 있었다. 그리고 자신이 주연을 한 첫 영화이니 그 시작을 보고 싶어서 온 것이기도 했다. 어찌 되었건 그런 열정을 보인다는 게 관계자들로서는 좋아 보였다.

그리고 촬영에 들어가자 분위기는 더 밝아졌다. 주혁의 연기가 맛깔스러워서 보는 사람들을 즐겁게 해서였다. 주혁은 표정이 굉장히 풍부해서 정말 다양한 느낌을 주었는데, 코믹 연기를 처음 하는 사람 같지 않게 아주 능청스러웠다.

"역시 배우는 뭔가 다르네요. 평소에는 저런 모습이 아닌데, 어떻게 연기만 들어가면 사람이 저렇게 확 바뀔 수 있나 모르겠어요."

"그나저나 코믹 연기가 처음이라고 해서 적응하려면 시간이 좀 걸릴 줄 알았는데, 괜찮네요? 그냥 옆에서 봐도 재미있는데요?"

사람들은 주혁의 연기가 인상적이라면서 칭찬했다.

기 대표는 옆에 있다가 사람들에게 주혁이 그동안 얼마나 연습을 했는지 슬쩍 이야기했다. 소영이와 한 달 전부터 호흡을 맞춰왔다는 이야기를. 사람들은 역시 좋은 배우는 영화에 임하는 자세부터 다르다고 말했다.

"아니 그래도 너무 능청스러운데요? 평소 성격이 저렇다고 해도 믿겠어요."

"원래 표정이 풍부한 배우라는 건 알고 있었지만, 그런 게 코믹에서 진가가 나오는 것 같은데요? 저것 좀 봐봐요. 저 짧은 대사 치면서 표정이 서너 번은 바뀌네."

감독도 지금 이야기를 듣지는 못하고 있었지만, 비슷한 생각을 하고 있었다.

화면에 나오는 주혁의 표정은 정말 변화무쌍했다.

주혁의 연기에 감독은 첫 촬영의 긴장감마저 잊어버리고

있었다.

　소영도 감독의 옆에 앉아서 주혁의 연기에 집중하고 있었다. 같이 연습을 하면서도 느끼는 거였지만, 정말 주혁의 연기력은 감탄이 나올 수밖에 없었다. 건들건들하면서도 천연덕스러운 연기는 정말 보고 배우고 싶을 정도였다.

　감독이 컷을 외치자 주혁이 다가와서 화면을 같이 살폈다. 주혁도 자신의 연기가 어떻게 보이는지 궁금해서 재빨리 뛰어왔다.

　"어때요?"

　"아빠, 아주 좋아요. 짱이에요, 짱."

　"그으래?"

　자신이 잡아놓은 캐릭터가 감독이 생각하던 것과 다를까 걱정했던 것도 기우에 불과했다. 아직 첫 촬영을 한 거니 확실히 알 수는 없는 거였지만, 적어도 감독은 오늘 주혁의 연기를 아주 만족스러워했다.

　"그사이에 더 능청스러워진 것 같은데요? 추적자에 나왔던 그 배우라고는 도저히 믿기지가 않아요."

　"그쵸? 거기다가 얼굴도 많이 바뀌었잖아요. 안경까지 쓰면 정말 못 알아본다니까요."

　소영이가 맞장구쳤다.

　예전에 군살 하나 없을 때에는 정말 깎아놓은 것 같은 얼굴이었는데, 지금은 살이 붙어서 푸근해 보이는 인상이었다. 거기다가 머리 스타일도 바꾸고 안경까지 쓰면 다른 사람처럼 보였다.

주혁은 기운을 얻어서 다시 촬영에 들어갔다.

관계자들은 연신 즐거운 표정으로 대화를 나누었고, 감독과 소영도 기분 좋은 미소를 지으면서 화면을 들여다보았다.

오늘 처음 나온 스태프만 지금 어떤 장면을 촬영하는지도 모른 채, 촬영장을 단역 대신 왔다 갔다 하고 있었다.

주혁은 잠시 쉬면서 억수같이 쏟아지는 비를 바라보았다. 그리고 저 쏟아지는 비같이 엄청난 관객들이 몰려왔으면 좋겠다고 생각했다.

"감독님?"

조감독이 조용하게 감독을 불렀지만, 강형기 감독은 말을 듣지 못한 듯 멍한 표정으로 허공을 보고 있었다. 아까부터 저러고 있던 걸 무슨 중요한 생각이라고 하는 건가 싶어서 가만히 두었는데, 이제는 촬영에 들어가야 하니 욕을 먹더라도 그를 불러야 했다.

"감독님!"

조감독이 소리를 지르자 감독이 깜짝 놀라서 넋이 나간 표정으로 조감독을 바라보았다.

"촬영 들어갈 시간인데요."

"어, 그래?"

감독은 약간 멍한 표정으로 대답했다. 사실 강형기 감독은 아직도 불안했다.

촬영 첫날은 무사히 마쳤다. 비가 와서 대박이 날 거라는 말도 들었고, 주혁의 연기가 물이 올라 영화가 기대된다는 평도 들었다. 그리고 다른 스태프도 모두 시작이 좋다고 말했다.

하지만 지금까지 살아온 인생역정을 생각해 볼 때 꼭 무언가 나쁜 일이 생길 것만 같은 생각이 들었다. 경영학과에 다니다가 다시 들어가게 된 연극영화과. 그때부터 일이 제대로 풀린 적이 없었다.

졸업하고 시나리오를 이런저런 공모전에 내 봤지만 모두 떨어졌다. 연출부로 들어가서 영화를 좀 찍어보나 했더니 모두 중간에 엎어졌다. 그래서 이 영화를 찍기 전에는 딱히 내세울 만한 이력조차 없었다.

그런 인생을 살아온 감독에게 지금 상황은 꿈을 꾸는 거나 마찬가지였다. 그래서 더 불안불안했다. 자신이 지금 영화를 제대로 찍고 있는 것인지조차 의심스러웠다. 그래서 오늘이라도 영화 제작이 중단되는 건 아닐까 하는 생각이 들었다.

그리고 긴장하고 불안해하는 건 그만이 아니었다. 오늘 첫 촬영을 하는 소영이도 바짝 긴장하고 있었다.

"왜 이렇게 긴장을 하고 그래?"

"뭐, 뭘요. 무슨 긴장을 했다고 그래요."

주혁이 말을 걸어서 긴장을 풀어주려고 했지만, 생각보다 소영이는 더 긴장하고 있었다. 바짝 마른 입술에 주먹을 꼭 쥐고 아니라는 말을 하니 누가 믿겠는가. 하지만 소영의 심정을 모르는 건 아니었다.

크랭크 인 바로 다음 날인 오늘이 2회 차 촬영. 술집에서 옛 애인과 만나는 장면이 바로 소영의 첫 촬영이었다. 첫 주연을 맡은 작품에서의 첫 촬영. 더구나 아주 미묘한 감정을 드러내는 연기가 필요한 장면.

소영이 긴장하는 건 당연했다. 왜 그렇지 않겠는가. 주연을 맡았다고 다 좋은 건 아니다. 특히나 소영이처럼 신인이고 반대가 많았던 경우는 더욱 그렇다. 조금이라도 잘못하면 온갖 비난이 집중될 테니까.

물론 그런 기회를 잡지 못한 것보다는 좋은 일이다. 잘만 하면 일생일대의 기회가 될 수도 있으니까.

하지만 그만큼 반대급부도 큰 게 사실이다. 왜 저런 애를 캐스팅했는지 모르겠다는 소리를 듣는다면, 연기 인생이 끝날 수도 있었다.

잘못하면 나락으로 떨어질 수 있는 운명의 갈림길에 선 소녀. 제아무리 연습을 많이 하고 준비를 철저하게 했고, 강철 심장을 가졌다 하더라도 떨릴 수밖에 없는 상황이었다.

그래서 주혁은 이 장면에는 나오지 않았지만, 촬영장에 나와 있는 거였다. 응원도 하고 격려도 하면서 기운을 북돋기 위해서.

그리고 소영의 상태를 보니 오늘 이곳에 오기를 잘했다는 생각이 절로 들었다.

"컷, 컷."

감독은 일단 촬영을 중단시켰다.

"잠깐 쉬었다 갈게요."

감독은 아무래도 계속 촬영하는 것보다는 잠시 쉬는 편이 좋겠다고 판단했다. 주혁이 보기에도 현명한 판단이었다. 안 되는 상황에서 억지로 밀어붙인다고 연기가 나오는 건 아니었으니까.

주혁은 바로 소영이에게 다가가서 다독여 주었다. 처음에는 누구나 다 그런 거라면서.

주혁이 볼 때 준비는 그만하면 충분했다. 정신적으로 안정만 되면 충분히 제 기량을 보일 수 있겠다고 여겼다.

"너무 잘하겠다는 생각은 하지 말고, 그냥 자연스럽게 있는 그대로를 보여준다고 생각해."

정말 잘해야 한다는 압박을 받고 있어서 연기에 힘이 들어가는 듯 보였다. 그래서 그 부분에 대한 이야기를 해주었는데, 감독도 비슷한 생각이었던 것 같았다.

감독도 소영에게 다가오더니 대화를 시작했다.

"맞아요, 소영 씨. 그냥 지금 재인이의 심정만 생각하면서 가면 될 거 같아. 어떤 심정이겠냐고. 좋아하는 사람을 오랜만에 만났는데 말이야."

주혁과 감독은 소영과 같이 영화 속 캐릭터가 지금 어떤 상황에 있는지를 이야기했다.

원래 이런 이야기를 많이 하면서 감독과 배우가 호흡을 맞춰 나가는 거긴 했는데, 이번은 조금 특별한 경우이기도 했다.

바로 배우의 첫 촬영이라는 점이었다. 아무래도 촬영을 하던 중이면 캐릭터에 대한 느낌도 잡은 상태이고, 감독과 대화도 많이 나누었을 테니 지금 어떤 연기를 해야 하는지 느낌을 캐치하기가 좋았다. 그런데 소영은 오늘이 첫 촬영이라 아무래도 감정을 잡기가 쉽지 않은 것 같았다.

그리고 주혁이 보기에 감독도 아직 긴장하고 있는 듯했다. 어제보다는 나아진 것 같았는데, 아직도 가끔 심호흡을 하고 손에 땀이 차는 걸 보면 긴장하고 있는 게 확실했다. 그래서 주혁은 최대한 편안한 분위기에서 상황을 끌어가려고 애썼다.

"이제 좀 괜찮아?"

"네, 얘기를 들으니까 감이 오는 것 같아요."

소영은 밝게 웃으면서 대답했다. 그녀는 자신이 어떤 연기를 해야 하는지 금방 깨달았다. 대본은 이미 수도 없이 보았으니까. 그리고 이어지는 촬영에서 그녀가 두 사람의 말을 잘 이해했다는 걸 연기로 보여주었다.

주혁은 힐끔 감독을 쳐다보았는데, 감독의 표정에도 미소가 걸렸다. 그리고 소영의 연기가 자리를 잡으면서 감독이 손에 찬 땀을 닦는 일도 점점 줄어들었다.

그렇게 촬영은 점점 좋은 분위기에서 진행되었다.

사실 입때까지만 해도 이 영화가 과연 잘될까 의문을 가지는 사람들이 많았다. 과연 이런 시나리오가 대중들에게 먹힐 것인지 의심하는 사람도 있었고, 코믹 연기를 배우들이 제대로 소화할 수 있을지 모르겠다는 사람도 있었다.

하지만 아역 배우인 왕철현 군이 등장하고, 성자루 배우가 특별 출연한 동물 병원 장면의 촬영이 시작되자 많은 사람들의 생각이 바뀌었다. 이 영화가 어떤 분위기이고 어떤 매력을 가지고 있는지 알 수 있어서였다.

특히나 성자루의 연기는 압권이었다. 동물 병원 신은 하루에 몰아서 촬영했는데, 성자루는 코믹 연기의 진수를 보여주었다. 똑같은 대사를 해도 이렇게 재미있게 할 수 있구나 하는 걸 몸소 보여주었다.

"멘트가 아주 참신한데? 느낌이 아주 후지고 좋아."

감독을 비롯한 모든 사람들이 포복절도했다. 대본을 볼 때도 재미있기는 했는데, 대사와 연기로 표현된 것이 훨씬 더 웃겼다. 컷 소리가 나고 촬영이 잠시 멈추자 주혁은 바로 그에게 달려갔다.

"형님, 진짜 난 형님 연기만 보면 웃겨서 죽을 것 같아요. 아니 어떻게 그런 느낌이 나와요?"

"야, 너도 잘하더만 뭘 그래, 센 연기만 잘하는 줄 알았는데, 이거 아주 괴물이네, 괴물. 못하는 연기가 없어."

성자루는 성자루대로 주혁에게 놀라고 있었다. 사람들은 아직도 주혁을 추적자의 사이코패스로 기억하고 있었다. 워낙 강렬한 연기였으니까. 성자루 역시 마찬가지였다.

그런데 오늘 연기를 보니 이게 웬걸.

능청스러운 연기도 아주 일품이었다.

정말 지금 연기하는 모습만 본다면 추적자의 4885라고 생각하는 사람은 아무도 없을 것이다. 정말 소영이 같은 딸이 있을 것 같은 아저씨 느낌이 팍팍 났다.

"그런데 잘나가는 배우가 이렇게 망가지는 거 해도 되나? 왜 잘나갈수록 이미지 엄청나게 따져야지. 그래야 CF도 들어오고."

"뭐 어때요. 배우가 연기만 하면 됐죠."

주혁은 상관없다는 듯 이야기했다.

성자루는 흐뭇한 표정으로 걸어가는 주혁의 뒷모습을 바라보며 중얼거렸다.

"그렇지. 배우한테는 연기가 전부지."

오랜만이었다. 저런 배우를 만난 것은. 주혁의 그 말 한마디에 갑자기 기운이 쑥쑥 생기는 듯했다.

그래서일까? 소영이나 오늘 태어나서 영화를 처음 찍는다는 철현이도 엄청나게 연기를 잘하는 것처럼 보였다.

성자루가 듣기로는 소영이가 이번 배역을 맡는 걸 반대한 사람들이 많았다고 들었다. 그런데 소영이가 연기하는 걸 보니 반대한 사람들 머리통을 전부 쥐어박고 싶었다. 지금까지 영화를 찍으면서 저 나이에 저만큼 연기하는 애를 보질 못했다.

"개집에서도 이런 걸 다 하네요?"
"아가씨, 여기는 개집이 아니고……."
"아아, 개 병원."

성자루는 촬영하면서 흥이 오를 대로 올랐다. 주혁도 그렇고 소영이도 이렇게 연기를 잘 받아주니 정말 연기를 할 맛이

났다.

그리고 사람들도 소영이 언제부터 저렇게 뻔뻔하고 능청스러웠을까 하는 생각을 했다.

하지만 소영은 이런 연기는 자신 있었다. 주혁과 한 달 전부터 연습했던 연기였으니까. 게다가 주혁과 성자루의 연기가 안정적이니 자신이 연기하기가 아주 편했다.

그렇게 서로가 서로를 밀어주면서 독특한 분위기가 만들어졌다.

촬영장에 있던 관계자나 스태프는 알 수 있었다. '아, 이 영화는 이런 분위기구나' 라는 것을. 그리고 '아, 이 영화 뭔가 될 것 같다' 라는 생각을 하게 되었다.

어린 왕철현 군도 생각보다 영화에 잘 적응하자 그런 느낌은 더 강렬해졌다.

"너 이름이 뭐야?"
"왕기동입니다."

이리 와서 사탕 먹으라는 성자루의 말에 왕철현은 천진난만한 표정으로 달려갔다.

'왕기동입니다' 라는 아이의 말이 아주 중독성이 있었다. 정말 아이들이 자기 이름을 말할 때 내는 목소리였는데, 머리에 그 별거 아닌 대사가 계속 남았다.

"와하하, 이거 대사 느낌이 온다. 이거 분명히 뜰 거 같아. 애가 완전 복덩어리네, 복덩어리."

왕철현 어린이는 촬영장에 처음 나왔지만, 모두의 시선을 잡아끌었다. 그래서 이내 촬영장의 마스코트 같은 존재가 되었다.

감독은 제발 약속한 번호나 잊어먹지 않았으면 좋겠다고 생각했지만, 처음 촬영한 걸 보면 생각했던 것 이상이었다.

물론 문제가 없는 건 아니었다.

왕철현 어린이는 연기하는 게 아니었기 때문에 자꾸만 촬영감독을 쳐다보았다. 카메라를 들고 근처에 있으니까 자기도 모르게 눈길이 그리로 갔던 거였다.

하지만 왕철현 어린이가 내는 몇 번의 NG는 사람들은 기억하지도 못했다. 워낙 NG를 많이 내신 분이 있었기 때문이었다. 바로 동물 병원 간호사 아주머니였다.

"NG. 다시 갈게요."

도대체 NG가 몇 번인지 기억도 나지 않을 정도였다. 10번이 넘은 건 확실했는데, 자세한 건 세어봐야 알 수 있을 것 같았다.

얼마나 짜증이 났는지, 조감독이 투덜거렸다.

"내가 연기를 해도 저것보다는 잘하겠다."

그 이야기를 듣고는 감독은 정말 조감독을 시켜볼까 하는 생각까지 했었다. 조감독도 여자인데다가 연기도 봐줄 만은 했으니까. 하지만 그건 정말 배우에게 못할 짓이기도 했다. 그래서 꾹 참고 촬영을 계속했다.

그리고 드디어 OK 사인이 떨어졌다.

"오늘은 촬영이 아주 스펙터클해. 별난 일이 다 있네."

성자루는 유쾌하게 이야기해서 촬영장 전체를 즐겁게 만들었다. 자칫 다운될 수도 있었던 촬영장 분위기가 그로 인해서 웃음바다가 되었다.

"아빠, 기타 연습 안 해요?"

촬영을 마치고 돌아가는 길에 소영이는 기타를 연습하고 있었다. 이제는 제법 손에 익어서 능숙하게 연주를 했다.

"소영이 열심히 하더니 기타 실력이 많이 늘었네. 형님도 연습하시죠. 앞에 네 마디만 연습하지 마시고요."

"장백아."

"예, 형님."

"운전이나 해라."

주혁은 그렇게 말은 했지만, 기타를 꺼내 연습을 시작했다. 일단 앞부분은 촬영하는 부분이라서 정말 연습을 많이 했다. 아주 능숙하게 보이도록. 하지만 그 뒤로는 연습을 거의 하지 않아서 어설펐다.

그런데 어린 소영이도 저렇게 열심히 하는데, 어영부영 있을 수 있겠는가. 주혁도 뒷부분 연습에 들어갔고, 차 안은 두 대의 기타가 내는 소리로 가득했다.

하지만 주혁의 기타실력은 생각만큼 늘지 않았다. 아마도 악기를 다루는 것과는 인연이 없는 모양이었다. 차라리 노래라면 어떻게든 하겠는데, 기타는 영 체질이 아니었다.

하지만 소영은 주혁이 기타 연습하는 걸 굉장히 좋아했다. 사람 냄새가 난다면서.

주혁은 그 말을 듣고는 피식 웃으면서 고개를 돌렸다. 차창 밖으로는 한강이 보였는데, 강 위로 불빛이 반짝이고 있었다.

마치 강이 빛나고 있는 것처럼.

*   *   *

"우와, 집 좋다."

소영이가 세트장을 보고 처음 한 말이었다.

주혁도 세트장을 처음에 보고는 꽤 놀랐다. 정말 깔끔하고 고급스러워 보이는 곳이어서 그랬다. 이런 곳에서 살았으면 좋겠다는 생각이 드는 그런 집이었다.

"아빠, 정말 이런 데서 살았으면 좋겠다."

"그러게. 이야, 정말 좋다. 그런데 이런 데가 진짜 있기는 한 건가?"

　소영과 주혁은 세트장을 둘러보면서 도란도란 이야기를 나누었다.

　둘러보면 볼수록 예쁜 집이었다. 이런 아파트가 있으면 정말 사고 싶다는 생각이 들 것 같았다.

　주혁은 쓰윽 둘러보다가 말을 던졌다.

　"그런데 좀 이상하긴 하다. 이렇게 고급스럽고 넓은 아파트인데 화장실이 하나밖에 없어."

　소영이가 정말 그렇다면서 손뼉을 치며 좋아했다.

　사실 잘 생각해 보면 아주 이상한 설정이었다. 보통 이렇게 넓고 좋은 아파트에는 방마다 화장실이 딸려 있거나 그렇지 않더라도 적어도 화장실이 두 개는 되어야 정상인데 말이다.

　주혁이 보니 이 이야기를 들은 감독이 움찔하는 게 보였다. 하지만 어디까지나 영화는 영화. 이건 말이 되고 이건 말이 안 되고를 일일이 따지면, 어떻게 영화를 찍겠는가. 아마 보는 관객들도 크게 신경 쓰지 않을 것이다.

　세트장에서의 촬영은 처음부터 너무 재미있었다. 주혁과 소영은 연기 호흡이 척척 맞았고, 철현이도 시키는 대로 아주 잘했다. 다만, 아직도 카메라 감독님을 쳐다보는 것은 여전했다. 그것만 고친다면 정말 좋겠지만, 아직 어린아이이니 이 정도 해주는 것만 해도 어디인가.

그렇게 양수리 5세트장에 지어진 세트장에서의 촬영이 시작되었다.

첫 장면은 소영이와 철현이가 할아버지인 주혁을 찾아오는 장면이었다. 그것도 애인이 찾아오기를 기다리며 희희낙락하고 있던 주혁을.

주혁은 연기를 하면서 몸을 조금 굽히거나 일부러 구부정하게 했다. 너무 키가 커 보이지 않게 하기 위해서였다. 물론 어쩔 수 없는 경우도 있었지만, 가능하면 그러려고 애썼다.

소영이와의 연기 호흡이야 계속 손발을 맞춰 왔으니 죽이 척척 맞아서 NG가 날 일도 없었다.

"액션."

주혁은 문을 열고 잔뜩 폼을 잡고 있다가 소영을 보게 되었다. 히죽거리면서 웃고 있다가 갑자기 이게 뭔가 하는 표정으로 바뀌었다.

그런데 갑자기 소영의 옆에서 아이가 무표정한 얼굴로 쏙 나왔다.

그리고 당황한 주혁과 뻔뻔한 소영이의 연기가 시작되었다. 둘이 대사를 한마디씩 번갈아가면서 하는데, 어찌나 호흡이 잘 맞고 웃기던지 옆에서 카메라로 찍고 있던 촬영감독이 웃음보를 터뜨릴 뻔했다.

"왕보경이 우리 엄만데."
"근데요?"
"모르세요?"
"알아야 돼요?"
"아실 텐데?"
"모를걸요?"

능청스러운 주혁의 연기와 소영의 당돌한 연기가 톡톡 튀
는 재미를 주었다. 그렇게 대사를 주거니 받거니 하다가 소영
이가 말했다.

"옆집 살던 누나."
"다섯 살 많고."
"강현수 씨 첫 경험."

주혁은 멍한 표정을 지었는데, 갑자기 소영이가 웃음을 터
뜨렸다.
"NG. NG."
감독이 재빨리 외쳤고, 촬영은 중단되었다.
소영은 얼굴이 빨개져서 고개를 숙이면서 죄송하다고 했
다.

"죄송합니다, 죄송합니다."

하지만 그러면서도 웃음을 멈추지 못했다.

이게 다 촬영감독 때문인데, 사실 촬영감독의 모습을 보고 있으면 웃지 않을 수가 없었다. 소영이의 대사가 끝나자, 갑자기 촬영감독이 카메라를 막 흔들었기 때문이었다.

원래 이 부분에서 화면이 흔들리는 거였다. 보통은 나중에 후반 작업에서 CG로 처리하든가 하는데, 촬영감독이 비용을 아낀다고 대사가 끝나자마자 들고 있던 카메라를 막 흔든 거였다.

"야, 여기서 NG를 내면 어떻게 해? 너 카메라가 얼마나 무거운 줄 알아?"

"에이, 그거 나중에 후반 작업할 때 하는 걸로 해요. 이걸 보고 어떻게 안 웃어요."

카메라 감독의 푸념에 주혁은 맞받아치면서, 카메라를 미친 듯이 흔드는 흉내를 냈다. 그러자 소영이와 왕철현은 너무 웃긴다며 아주 자지러졌다.

하지만 촬영은 촬영. 짧은 휴식을 끝내고, 다시 촬영을 시작했다.

이번에도 마찬가지였다. 소영의 대사가 끝나자 촬영감독은 카메라를 흔들어댔다. 이번에는 일부러 그러는 것인지 아까보다도 더 웃긴 포즈로 카메라를 흔드는 것 같았다. 소영은 필사적으로 웃음을 참아서 오케이 사인을 받았다.

촬영감독은 굉장히 유쾌한 사람이면서, 좀 괴짜이기도 했다. 하기야 그러니 카메라를 흔들고 그러는 걸 하지 않았겠는가. 게다가 감독에게 영화 중에 자기 이름을 넣어 달라고 막떼를 쓰기도 했다.

영화 첫 부분에 비디오 파문으로 나오는 사람의 이름이 원래는 다른 이름이었다. 그런데 촬영감독이 부탁해서 그의 이름으로 바뀐 거였다. 그리고 그것만이 아니었다. 촬영하면서 아이디어도 많이 내고, 웃기기도 정말 많이 웃겼다.

소영이는 웃느라고 정신이 없었는데, 그사이 주혁은 혼자서 촬영 준비가 한창이었다.

"이거 생각보다 무거운데요?"

사람들이 주혁에게 바디 캠이라고도 하는 장비를 달고 있었다. 도기 캠이라고도 하는데, 몸에 다는 카메라라고 보면 된다.

바디 캠을 달고도 주혁은 연기하는 것이 별로 어렵지 않았다. 그냥 평소처럼 연기하면 되는 거였으니까. 그런데 사람들은 놀라고 있었다.

"아니, 그걸 달고 어떻게 그렇게 쉽게 움직여?"

아주 무거운 건 아니었지만, 지탱하려면 몸을 좀 뒤로 젖혀야 정상이었다. 그런데 주혁은 그렇게 하면 화면이 좋지 않게 나오는 것 같아서 힘을 주고 좀 버텨보았다. 그랬더니 평소처럼 몸을 하고도 찍을 만했다.

그랬더니 괴짜 촬영감독은 참지를 못했다. 자기 몸에 도기캠을 달더니 이리저리 움직여 보았다. 하여간 특이한 사람은 특이한 사람이었다. 하지만 어디 주혁같이 힘으로 버티는 게 그리 쉬울까.

촬영감독은 처음에는 낑낑대면서 주혁처럼 몸을 바로 하더니, 몇 걸음 움직이지도 못하고 이내 몸을 뒤로 젖히고 움직였다.

그는 혀를 내두르며 장비를 제거하고는 주혁에게 엄지를 치켜세웠다.

"이야, 주혁 씨 정말 장사네 장사."

작품 분위기가 그래서 그런 것인지 아니면 원래 성격이 그런 것인지 모르겠지만, 촬영감독을 비롯한 사람들 대부분이 굉장히 쾌활했다. 그래서 다른 작품을 할 때보다 촬영장 분위기가 아주 즐거웠다. 기동이가 조금 실수를 해도 다들 유쾌하게 넘어갔다.

"기동아, 카메라 보지 말아야지."

왕기동이라는 이름에 익숙해지라고 촬영장에서는 모두가 기동이라고 불렀다.

기동이는 항상 카메라를 쳐다보았다. 그것만 아니었어도

촬영이 훨씬 빨리 진행되었을 것 같은데, 어차피 주혁과 소영이가 시간을 많이 줄여주어서 쌤쌤이었다.

기동이로 인해 촬영 시간이 길어졌지만 사람들은 웃을 수 있었다.

이 영화에서 왕기동이라는 아이는 정말 보석 같은 존재였다. 어떤 성인 연기자도 할 수 없는 매력을 선보여서 사람들의 시선을 휘어잡고 있었다.

"기동아, 1번, 1번."

감독이 손가락 하나를 펴면서 속삭였다. 거의 입 모양만 내는 거라서 기동이에게 들리지는 않았다. 하지만 감독의 신호를 보고 기동이는 웃다가 바로 멍때리는 표정으로 돌아왔다.

기동이는 참 시키는 건 잘했다. 그리고 묘한 매력이 있었다. 보고 있으면 눈을 떼지 못하게 하는 마력 같은 게 있어서 정말 화면이 잘 나왔다. 그리고 가끔 아주 뜻하지 않은 모습을 선보여서 큰 웃음을 주기도 했다.

"그래, 가끔 그런 사람들이 있더라고. 사연을 오래 보내다 보니까."

주혁은 연기를 하다가 기겁했다.

열심히 대사를 치고 있는데, 기동이가 졸린 눈을 하고는 크게 하품을 하는 거였다. 지문에는 전혀 없었던 상황이었다. 애드립? 지금 손가락을 보고 표정을 바꾸는 애가 무슨 애드립을 하겠는가. 저건 그냥 졸린 거였다.

정말 입을 쩍 벌리고 하품을 했다. 성인 연기자였으면 아마도 NG가 났을 법한 상황이었다. 주혁은 감독의 사인이 없어서 계속해서 대사를 했다. 그리고 컷 소리가 나자 바로 뛰어가서 화면을 확인했다.

"와, 대박. 이건 이렇게 연기하라고 해도 못 하겠는데요?"

"기가 막히네, 기가 막혀. 이 자연스러운 거 봐. 기동이 아니었으면 어쩔 뻔했어?"

원래 시나리오상으로도 지금 밤이 늦어서 아이가 잘 시간이라는 대사가 나온다. 그러니 지금 기동이가 저렇게 하품을 하는 게 정말 타이밍이 좋은 거였다. 얼어걸린 것이긴 했지만, 뭐 어떤가.

운도 실력이라고 하지 않는가.

텍사스 안타는 안타고, 잘 맞은 타구지만 야수 정면으로 가는 건 아웃이다. 실력이 중요하긴 하지만 운도 무시할 수 없는 요소다.

기동이는 어쩐지 행운의 마스코트 같다는 느낌이 들었다. 분명한 건 뭔가 어설픈 데 기동이가 있으면 이상하게 일이 잘 풀렸다는 것이다.

"우리 아들이 말이야, 집에만 가면 닭을 찾아. 저기 있는 저 노란 닭."

촬영감독이 또 너스레를 떨고 있었다. 영화에 나오는 이상한 소리를 내는 닭이 사실은 촬영감독 아들 거였다고 자랑을 하는 거였다. 하여간 재미있는 양반이었다.

＊　　　＊　　　＊

소영이는 술을 하지 못한다. 그래서 술 취한 연기를 어떻게 하나 걱정을 많이 했다. 하지만 준비를 많이 하더니 정말 술주정을 하는 것처럼 자연스럽게 연기했다.

"나, 노래 잘해요."

눈을 약감 게슴츠레하게 뜨고 이야기를 하는데, 주혁은 정말 취한 사람과 이야기를 하는 것 같다는 느낌을 받았다. 하지만 취했을 리는 절대로 없었다. 지금 주혁이 따라준 건 포도 주스였으니까.

노려보다가 웃다가 푸념하다가. 아마도 다른 사람들은 소영이가 술을 좀 마셔본 줄 알 것 같았다. 경험이 없으면서 이렇게 자연스러운 연기를 하리라고 생각하겠는가. 이렇게까지 발전한 걸 보니 대견스럽기까지 했다.

기분이 좋으니 애드립이 저절로 나왔다.

둘이서 약간 취한 상태에서 술을 마시면서 이야기를 나누는 장면은 주혁과 소영의 즉석 연기로 때웠다.

분위기에 취해서 그런지 정말 술 한잔한 것 같은 분위기가 되었다.

그리고 의상이 바뀌었다.

소영이는 속옷만 입고는 조금 쑥스러워했다. 정말 여자 속옷이 아니라, 티에다가 반바지를 입은 것 같은 느낌이었다.

"확실히 느낌이 다르네요."

"그럼. 술 마시는 건 약과고, 이따가 베드신 찍을 때는 더하지."

"어휴, 생각만 해도 끔찍하네요. 정말 탁월한 의상이에요. 저런 건 어디서 구했대요?"

"나도 모르지. 의상 실장님이 구해 왔더라고."

주혁과 감독은 소영의 의상을 보면서 고개를 끄덕였다. 어디서 저렇게 볼품없어 보이는 난닝구를 구했는지.

소영은 그 의상을 한 채로 술을 마시는 장면을 조금 더 촬영했다.

그리고 문제의 장면 촬영이 시작되었다.

침대에서 찍는 촬영이니까 베드신이라고 하면 베드신이었

다. 느낌이 묘하지 않을까 생각했었는데, 전혀 그렇지 않았다. 주변에서 수많은 사람들이 보고 있는데 묘한 분위기가 될 리가 있겠는가.

소영과 주혁은 자리에 누웠고, 스태프들이 와서 이불을 정리했다.

"이 정도면 돼요?"

"아니, 윗부분을 좀 더 내려보지."

스태프는 조금이라도 더 사람들이 오해할 수 있게 장면이 나오도록 애썼다. 이불을 덮는 걸 가지고도 한참을 매만지고 나서야 촬영이 시작되었다.

주혁은 자연스럽게 몸을 움직이다가 손을 뻗었다. 확실히 살을 찌워서 예전의 몸이 아니었다. 살이 주혁의 근육을 모두 가리고 있었다.

그리고 주혁의 손이 소영의 목 근처에 닿았다. 주혁은 눈을 동그랗게 뜨고 입을 벌린 채 조심스럽게 자리에서 일어났다.

그리고 덜덜 떨리는 손을 이불로 가져갔다. 그 짧은 거리를 가는 데 시간이 걸렸고, 놀란 표정에 입술까지 덜덜 떨고 있었다.

그리고 이불을 휙 벗기자 드러나는 난닝구와 펑퍼짐한 반바지 같은 사각팬티.

주혁은 안도의 한숨을 내쉬었다. 그리고 소영이 움직이자

잽싸게 도망가서는 근처에 있던 기동이를 데려다가 소영이 옆에다가 뉘었다.

"오케이. 수고했어요."

주혁은 멋쩍게 웃으면서 화면을 보러 왔다.

장면은 아주 코믹하게 나왔다.

소영이도 보러 와서는 깔깔대며 웃었다.

"잘못 찍으면 굉장히 비호감으로 보였을 텐데, 잘 나왔어요."

"그래요? 이거 아무래도 나중에 욕먹을 거 같은데……."

"왜요, 난 재미있는데. 깜짝 놀라는 부분하고 기동이 눕힐 때하고 너무 웃겨요."

주혁도 다시 보니 분명 재미는 있었다.

"그래, 기왕 망가지는 거. 가는 데까지 가보자."

주혁은 기왕 웃음을 주기로 한 거. 망가질 대로 망가져 보자고 다시 마음을 잡았다.

CHAPTER **31**
사고

주혁이 소식을 전해 들은 건 촬영이 한창이던 오전 11시 경이었다.

　그날도 다른 날과 마찬가지였다. 여전히 무더웠고, 촬영장에는 촬영감독이 사람들을 웃기고 있었다. 그리고 소영이와 기동이가 사이좋게 앉아서 이야기하고 있었고.

　모든 것이 일상적이고 평온한 날이었다. 별다른 일이 일어나지도 않았고, 일어날 것 같지도 않은 날이었다. 그냥 일기에 적을 것도 없이 특별히 기억할 것도 없이 흘러가는 그런 날 중 하나가 될 것 같았다.

그 전화가 오기 전까지는.

주혁은 촬영에 들어가야 해서 핸드폰을 차에 놓고 촬영을 하고 있었다. 어지간했으면 점심을 먹으러 갈 때 핸드폰을 확인했을 것이다.

하지만 매니저인 장백이가 헐레벌떡 뛰어와서는 의자에 앉아서 대본을 보고 있는 주혁에게 핸드폰을 내밀었다.

"받아보세요. 외숙모시라는데요 외삼촌이 사고를 당하셨대요."

"뭐?"

주혁은 소리를 지르면서 자리에서 벌떡 일어났다. 얼마나 크게 소리를 질렀는지 촬영장에 있던 사람들이 전부 주혁을 쳐다보았다.

하지만 주혁은 그런 시선 따위는 아랑곳하지 않고 전화를 받았다.

"외숙모, 저 주혁이에요."

―주혁아, 어떻게 하니이이.

외숙모는 이야기를 잇지 못하고 울기만 했다. 얼마나 울었는지 목이 메어서 울음이 잘 나오지도 않는 것 같았다. 그 소리를 들으니 주혁도 가슴이 먹먹해졌다.

"어디예요? 외삼촌 지금 어디 계세요?"

외숙모는 울음을 삼키는 데도 한참이 걸렸다. 그리고 지금

신촌에 있는 병원에 있다고 이야기했다. 주혁은 곧바로 감독에게 가서 사정을 이야기했다.

"어서 가 봐요. 다른 거 생각하지 말고."

주혁은 인사도 하는 둥 마는 둥 하고는 황급히 차에 올라서는 장백에게 최대한 빨리 병원으로 가달라고 했다. 장백은 알았다는 짧은 대답을 한 채 바로 차를 몰았다.

주혁은 가는 동안에 정훈이에게 연락했다. 병원이라는 것만 알았지 어디라는 건 듣지 못해서였다. 정훈도 지금 다른 곳에 있다가 가는 중인 것 같았는데, 가서 확인하고 다시 연락을 주겠다고 했다.

주혁은 입술이 바짝바짝 마르고 심장이 사정없이 방망이질 쳤다. 가족이 없는 지금, 그래도 가장 가깝다고 할 수 있는 어른이 외삼촌이었다. 어떻게 보면 아버지 대신이라고도 할 수 있었다.

그런데 사고라니.

그리고 외숙모의 반응으로 보아 보통 일은 아닌 듯했다. 그래서 더 걱정이었다.

도대체 무슨 사고를 당한 것일까? 그리고 얼마나 다치신 걸까? 설마 생명이 위독한 건 아니겠지? 별별 생각이 다 들었다.

주혁은 오늘따라 왜 이렇게 차가 느리게 가는지 짜증스러

왔다. 하지만 자동차 속도계의 바늘은 어느 때보다도 높은 숫자를 가리키고 있었다.

입술을 잘근잘근 깨물면서 있는 사이, 정훈에게서 전화가 왔다.

방금 도착해서 확인을 해보았는데, 외삼촌은 지금 수술 중이라는 거였다. 주혁은 위치를 묻고는 병원에 도착하자마자 바로 수술실로 달려갔다.

"외숙모."

"주혁아. 나 이제 어떻게 하니이."

외숙모는 거의 실성한 사람처럼 보였다. 충격이 심해서 혼자서 몸도 제대로 가누지 못할 정도였다. 주혁이 곁으로 가서 부축했는데, 하염없이 눈물만 흘리고 있었다. 정훈이와 정한이도 거의 넋이 나간 표정이었다.

외숙모는 정훈이에게 기대고 앉아 있었는데, 주혁은 외숙모의 손을 잡고 계속해서 괜찮을 거라는 말을 했다. 시간이 지나가 외숙모는 조금 안정이 되는 듯했다. 그러자 주혁이 정훈이에게 눈짓을 주었다. 잠깐 이야기를 하자는 거였다.

주혁이 먼저 일어서서 걸어갔고, 잠시 후 정훈이가 주혁의 뒤를 따랐다.

둘은 코너를 돌아 복도에서 이야기를 나누었다. 자세한 이야기를 외숙모 옆에서 할 수는 없는 일이었으니까.

"어떻게 된 거야?"

"교통사고래요."

정훈이는 벌게진 눈으로 말을 꺼냈다.

정훈도 아직 자세한 이야기를 들은 건 아닌데, 거래처에 다녀오다가 뺑소니 사고를 당했다는 거였다. 그리고 심각한 상황이라 바로 수술실로 들어갔는데, 아직 몇 시간이 지났는데도 수술이 끝나지 않고 있다는 거였다.

"뺑소니?"

"예, 누가 그랬는지도 모른대요. 근처에 있던 가게 주인이 소리를 듣고 나와 봤을 때는 차는 없고……."

정훈이는 차마 말을 이어가지 못했다.

주혁은 정훈의 어깨를 두드렸다. 지금 심정을 누구보다도 잘 아는 게 자신 아닌가.

정훈은 잠시 마음을 가다듬고는 형사라는 사람이 아까 해준 이야기를 마저 했다.

하지만 주혁에게 그런 내용은 나중 문제였다. 사고도 궁금하기는 했지만, 우선은 외삼촌의 안위가 걱정이었다. 무사해야 그다음도 있는 것이니까. 그래서 빨리 수술이 끝나고 무사하다는 의사의 말을 듣고 싶었다.

하지만 수술은 좀처럼 끝나지 않았다. 그리고 드디어 수술 중이라는 불이 꺼지고 잠시 후, 의사가 밖으로 나왔다.

외숙모는 의사에게 달려가서 옷을 부여잡고 흐느끼면서 말했다.

"선생님, 저이는 살았나요? 예? 괜찮은 거죠?"

의사는 난처한 표정으로 망설이다가 입을 열었다.

"최선을 다했습니다만, 경과를 지켜봐야 알 수 있을 것 같습니다."

의사는 나름대로 완곡한 표현을 사용했지만, 말투와 표정에서 그 말이 어떤 의미인지 알 수 있었다.

외숙모는 그 자리에서 축 늘어진 채 혼절했고, 바로 병실로 옮겨졌다. 다행스럽게도 외숙모는 치료를 받고 곧 안정되었다.

주혁은 잠시 집에 다녀오겠다고 하고는 병원 밖으로 나왔다. 그리고 나오면서 강주원과 통화를 했다. 강주원이 이 병원에서 근무하고 있다는 게 생각나서였다.

"주원이냐?"

—예, 형이 어쩐 일이에요?

강주원은 졸린 목소리로 전화를 받았다. 잠깐 자고 있었던 모양이었다.

'이제 레지던트 1년 차던가? 그러면 잠도 제대로 못 잘 때일 텐데 미안하네.'

미안한 생각은 들었지만, 지금같이 급한 상황에서 연락할 수 있는 사람은 강주원밖에 없었다.

주혁은 미안하다고 말하면서 용건을 전달했다. 외삼촌의 상태가 어떤지 알아봐 줄 수 있느냐고 이야기했다.

—예, 알았어요. 제가 알아보고 연락해 드릴게요.

"그래, 미안하다. 다음에 술 한잔하자."

—술 마실 시간이 되려나 모르겠네요. 술보다 파이브 스타 사인이나 받아다가 주세요.

주원은 그게 있으면 레지던트 생활이 좀 풀릴 것 같다면서 부탁했다. 절친한 사이는 아니었지만, 서로 알고 지낸 시간이 얼마이던가. 그냥도 이야기를 하면 해줄 텐데, 부탁하는 처지에서 그 정도는 일도 아니었다.

주혁은 그러겠다고 하고는 통화를 마쳤다. 그리고 바로 집으로 향했다. 그리고 집으로 돌아가면서 그나마 다행이라는 생각이 들었다.

상자가 집에 있었기 때문이었다.

공식적으로는 은행 대여금고에 있는 것이지만, 실제로는 주혁의 집에 있었다. 언젠가 다시 가져다 놓아야겠다고 생각은 늘 하고 있었다. 하지만 이상하게 시간을 내지 못해서 차일피일 미루고 있었다.

하지만 그런 게으름이 지금 상황에서는 오히려 도움이 되었다. 상자를 사용할 수 있게 되었으니까. 만약 은행 대여금고에 있었다면 해가 떨어진 지금은 사용할 수 없었을 것이다.

"이거 아무래도 집에다가 두는 편이 좋을 것 같은데?"

주혁은 다른 사람이 손을 대기 어려운 은행 대여금고가 안전하다고 생각하고 있었는데, 이번 사건을 통해서 생각이 바뀌었다. 정말 오늘같이 위급한 상황이 생기면, 집에 상자가 있어야만 했으니까.

그래서 어떻게 하면 집에다 안전하게 상자를 보관할지를 고민했다. 하지만 그냥 금고를 제외하고는 딱히 떠오르는 게 없었다. 주혁은 이 문제에 대해서 미스터 K와 상의해야겠다고 생각했다. 이런 문제는 아무래도 전문가의 도움을 받는 게 가장 확실했으니까.

집에 돌아온 주혁은 달려드는 미래를 한번 쓱 쓰다듬어 주고는 바로 집 안으로 들어왔다. 그리고 깊숙이 숨겨둔 상자를 꺼냈다. 동전이 들어 있는 상자도 함께. 당연히 동전을 사용해서 외삼촌을 구해야 한다고 생각했다. 그런데 동전이 든 상자를 열고는 쉽게 움직이지 못했다.

나무 상자에는 동전 세 개가 놓여 있었다. 주혁은 동전을 바라만 보고 있었다.

'동전이 세 개밖에 남지 않았었지. 그럼 상자를 한 번밖에는 사용하지 못하는 건가?'

그런 생각이 들자 손이 선뜻 움직이지 않았다. 분명히 알고 있었다. 지금 상자를 사용해야 한다는 걸.

하지만 망설여졌다. 다른 것보다 상자를 앞으로 영원히 사용할 수 없을지도 모른다는 생각을 하니 갑자기 공포가 엄습했다.

'지금 사용하고 나면 앞으로 영원히 상자를 사용할 수 없는 건가?'

한 번도 그런 생각을 하지 않았었다. 심각하게 고민한 적도 없었다. 그저 모든 게 잘 풀리고 앞으로도 그러리라 생각했다. 그리고 어떤 일이 있어도 다시 기회를 가질 수 있다고 생각했다. 마치 게임을 할 때 세이브를 해 놓은 것 같이.

그래서 항상 자신감 있고, 긍정적으로 움직일 수 있었다. 만약의 경우에는 다시 할 수도 있다는 생각이 밑바탕에 깔려 있으니까 뭘 해도 자신감이 넘쳤던 거였다.

그런데 이제 상자를 사용할 수 없게 된다?

그리고 그것보다 더 큰 문제가 있었다. 지금까지는 무슨 일을 당하더라도 걱정하지 않았다. 죽음마저도 상관하지 않았다. 상자가 자신을 다시 살려준다는 걸 알고 있었으니까. 하지만 이제는 그런 보호막이 없어질 수도 있는 거였다. 갑자기 겁이 더럭 났다.

'만약을 대비해서 동전을 남겨둬야 하는 게 아닌가? 외삼촌은 그냥 있어도 회복될 수도 있잖아.'

주혁은 자리에서 일어나 거실로 나갔다. 그리고 정수기에서 물을 받아서 마셨다. 목이 너무 말라서 수분이 필요하다고 몸이 난리를 피우고 있었다.

쪼르륵~

컵에 물이 왜 이렇게 빨리 담기지 않는지 짜증이 나서 컵으로 레버를 세게 눌렀다. 그리고 물이 반쯤 담기자 바로 컵을 들고는 벌컥벌컥 마셨다. 분명히 찬물이었고 양도 적지는 않았지만, 목마름은 그대로였다.

그러는 동안에도 머릿속으로는 동전을 그대로 가지고 있어야 한다는 생각이 떠올랐다. 마치 머릿속에 다른 존재가 사는 것 같은 기분이 들었다.

그런데 그런 생각에 잠겨 있을 때 벨 소리가 울렸다.

주혁은 정신을 차리고 핸드폰을 받았다. 강주원이 전화한 거였다.

주혁은 심호흡을 하고는 통화 버튼을 눌렀다.

"그래, 좀 알아봤어?"

전화기에서는 아무런 말도 없었다. 주혁은 통화가 끊긴 게 아닌가 싶어서 액정을 살펴보기도 했다. 하지만 전화가 끊긴 건 아니었다.

주혁은 핸드폰을 귀에 대고 다시 이야기했다.

"주원아, 들려?"

─형, 너무 충격 받지 말고 들어요.

주혁은 순간 어떤 이야기가 나올지 깨달았다. 그리고 그의 생각과 똑같은 이야기가 핸드폰의 수화기를 통해 들렸다.

─아무래도 어려울 것 같아요. 자력으로는 회복할 수 없는 단계예요.

강주원은 생명유지 장치로 연명해야 한다는 말을 했다. 주혁은 잠시 강주원의 이야기를 듣고 있다가 굳게 닫혀 있었던 입을 열었다.

"고맙다."

─뭘요……. 이런 얘기가 도움이 될지는 모르겠지만, 기운 내요, 형.

"그래, 알았다. 내가 나중에 연락할게."

주혁은 통화를 마치고 다시 방으로 들어왔다. 그리고 상자를 쳐다보았다. 그리고 머리를 감싸 쥐었다. 이런 걸로 고민하는 자신이 너무 싫어서였다.

하지만 여전히 손은 쉽게 움직이지 않았다.

그렇게 의자에 앉아서 동상처럼 있는 사이에 시간은 점점 흐르고 있었다. 그리고 주혁이 시계를 보았을 때는 11시 30분이 지나고 있었다. 이제는 시간이 30분도 채 남지 않은 상황.

주혁은 그럼에도 쉽게 자리에서 일어나지지 않는 이 상황이 너무나도 싫었다. 그렇게 시간은 조금씩 흘러갔다. 기다릴 때는 그렇게도 가지 않던 시간이 이럴 때는 순식간에 지나갔다.

그렇게 11시 45분이 되었을 때, 주혁은 자리에서 벌떡 일어섰다.

그리고 상자 앞에 앉았다. 그리고 동전이 든 상자로 손을 뻗었다.

끼리릭.

촤르르르르륵.

잠시 후, 주혁은 빠른 속도로 돌아가고 있는 숫자 판을 보면서 환하게 웃고 있었다.

*　　　*　　　*

"됐어. 하나로도 된다."

주혁은 쾌재를 불렀다. 생각한 대로 상자가 작동되었기 때문이었다. 주혁은 고민을 하다가 동전을 일단 하나만 넣고 레버를 당겨보기로 했다. 만약 그래도 작동된다면 그것만큼 좋은 것도 없었으니까.

예전에 윌리엄 바사드의 일을 처리할 때는 반드시 두 기능이 필요했으니까 어쩔 수 없이 두 개를 넣었었는데, 지금은 아무거나 하나만 동작하더라도 문제없었다. 하루가 반복되든, 며칠 전으로 돌아가든.

상자가 돌아가자 불끈 쥔 주혁의 주먹이 부르르 떨렸다. 동전을 하나만 넣고 레버를 당길 때 얼마나 긴장을 했던가. 만약 동전 하나만으로 상자가 작동하지 않으면 정말 복잡한 심경이었을 것이다.

동전 두 개를 사용하기는 했겠지만, 엄청나게 고민을 했을 것 같았다. 그런데 그런 고민을 할 필요가 없었다. 동전 하나로 상자가 작동했으니까.

주혁은 정말 크게 한숨을 내쉬었다. 상자를 보니 네 자리의 숫자 판이 돌아가고 있었다.

'안쪽에 있는 투입구가 원래 상자의 투입구였구나.'

각각의 투입구가 어떤 상자의 것인지를 알 수 있었다.

이제 동전이 두 개밖에 남지 않았지만, 마음이 어느 정도 놓였다. 나누어서 두 번을 사용할 수도 있는 것이고, 꼭 필요한 경우가 있으면 두 개를 사용할 수도 있으니까.

하지만 그런 생각을 하면서 한편으로는 참담한 심정이었다. 가장 가까운 사람의 죽음을 직면하고도 동전을 아끼기 위해서 이러는 자신이 너무나도 싫었다. 동전 하나로 상자가 작동한다는 걸 보고 이렇게 기뻐하는 것 자체가 얼마나 비참한 일인가.

"후우~"

나오는 건 한숨밖에 없었다. 자기가 이 정도밖에 되지 않는 사람인가 하는 생각에 자괴감마저 들었다.

하지만 외삼촌을 살릴 수 있다는 것은 기뻤다. 뭐가 어찌 되었든 간에 그 사실은 변함이 없었다.

주혁은 돌아가는 숫자 판을 보다가 이번과 전에 동전을 두 개 넣었을 때, 무엇이 다른지 생각해 보았다. 레버의 감촉은 비슷한 것 같았다. 그래도 예전과는 무언가 조금 달랐다는 생각이 들었다.

"소리가 안 났구나."

전에는 땡땡땡땡 하는 맑은 소리가 울리고 숫자 판이 돌아 갔는데, 이번에는 그 소리가 나지 않았다. 그것을 제외하고는 특별히 다른 점은 없어 보였다.

그런 생각을 하는 사이 숫자 판의 속도는 점점 느려졌다.

숫자 판은 굉장히 작은 수를 보여주고 있었다.

17.

아마도 다른 때였으면, 크게 실망했을지도 모르는 일이었 다. 하지만 지금은 이 숫자라도 주혁은 만족했다. 외삼촌을 구할 수 있는 단 하루면 충분하다고 생각하고 있었으니까.

하지만 일이 그렇게 간단하지 않다는 걸 깨달은 건 바로 다 음 날, 사고 현장을 보고 나서였다.

주혁은 단순한 사고라고 생각하다가 도대체 어떤 사람이기에 그런 사고를 내고도 사람을 내버려둔 채 도망친 건지 확인하고 싶어졌다.

그래서 사고 현장에 미리 가서 지켜보았다. 사실 아는 사람의 사고 현장을 보고 있다는 게 정말 힘든 일이었지만, 외삼촌에게 그런 짓을 하고도 도망간 사람도 도저히 용서할 수 없어서 꾹 참고 지켜보았다.

물론 이번에 주혁이 나서서 사고를 막을 것이긴 했지만, 이런 사람은 이번이 아니더라도 또 사고를 칠 수도 있을 테니 정신을 차리게 해주겠다는 생각이었다.

사고 시각은 오전 9시 30분경.

주혁은 미리 확인해 놓은 사고 장소로 향했다. 서울 외곽에 있는 한적한 길가였는데, 마땅히 차를 대 놓을 곳이 없어서 여기에 차를 대 놓고 걸어서 5분 정도 걸리는 거래처에 간 거였다. 주혁은 근처에 숨어서 사고 현장을 보고 있었다.

9시 30분이 막 지나자 외삼촌이 멀리서 걸어오는 모습이 보였다. 그 모습을 보자 심장이 두근거렸다. 곧 사고가 날 걸 알고 있으니 얼마나 심장이 뛰겠는가. 차라리 지금이라도 사고를 막을까 하는 생각이 들었다.

"아니야. 도대체 어떤 놈이 그런 짓을 했는지 확인하자."

주혁은 마음을 굳게 먹고 도로를 주시했다. 이른 시각이어서 그런지 근처에는 사람도 없었고, 다니는 차도 없었다.

그런데 멀리서 승용차 한 대가 빠른 속도로 달려오고 있었다. 외삼촌은 뒤를 슬쩍 보더니 재빨리 길을 건넌 후, 길모퉁이로 붙어서 차를 향해 걸음을 재촉했다.

주혁은 고개를 갸웃거렸다. 이런 상황에서 어떻게 사고가 났는지 의아해서였다. 길을 건너다가 사고가 난 것으로 생각했었는데, 그게 아니었다. 삼촌은 이미 길을 건넌 상태였고, 특별히 사고가 날 만한 정황은 보이지 않았다.

주혁은 손을 꽉 쥐고 어떤 일이 벌어지는지 지켜보았다.

그런데 이상했다. 자동차에 탄 사람의 시선이 꼭 외삼촌을 향하고 있는 것처럼 보였다. 그리고 자동차는 곧바로 외삼촌을 향해 달려왔다.

속도는 전혀 줄어들지 않았다. 주혁은 저 자동차가 사고를 낸 자동차라고 확신했지만, 차마 사고 현장을 보기가 어려웠다. 이빨을 꽉 깨물고 손을 부들부들 떨었다. 하지만 확인을 해야 했기에 눈을 가늘게 뜨고 앞을 보고 있었다.

그런데 무슨 일이었을까? 자동차의 속도가 갑자기 줄어들었다. 그리고 서서히 차가 멈추더니 운전자가 전화를 받는 모습이 보였다.

잠시 통화를 한 후, 운전자는 급히 달려온 방향으로 차를 돌리더니 돌아갔다.

"뭐지?"

주혁은 어리둥절한 표정이 되었다. 혹시나 다른 차량이 사고를 낸 것이 아닐까 싶어서 계속 지켜보았지만, 외삼촌은 주차해 놓은 차에 타고는 길을 떠났다. 운명이 바뀐 거였다.

주혁은 어이없어하면서도 한편으로는 다행이라고 생각했다. 비록 나중에는 멀쩡해지겠지만, 그래도 외삼촌이 다치는 장면을 목격하지 않아도 되었으니까. 하지만 좋아하면서 쉽사리 넘길 문제가 아니었다.

"전에 철근이 떨어졌을 때와 비슷해."

분명히 사고가 났어야 할 운명이었는데, 주혁이 관여하기만 하면 이상하게도 운명이 바뀌었다.

이게 도대체 무슨 일인가 싶었다. 그래서 조사해 보기로 했는데, 날짜가 많지 않다는 점이 아쉬웠다.

주혁은 즉시 미스터 K에게 연락해서 조사를 부탁했다. 그리고 승용차의 주인이 누구인지를 확인했다.

주혁은 남아 있는 기간 동안에 어떻게든 문제를 해결하리라 다짐했다.

하지만 굉장히 까다로운 일이었다. 상대의 준비는 정말 철저했다. 자동차의 주인은 그저 차를 하루 동안 빌려주기로 한 것뿐이었다. 돈이 궁했던 차 주인은 제법 많은 돈을 준다는 소리에 넙죽 승낙했다고 말했다.

그리고 오전 9시에 약속된 장소에 차를 놓고 가면 알아서 상대가 차를 가져가기로 했다는 거였다.

이상한 조건이었지만, 만약 차에 문제가 생겼을 때는 충분한 금액을 보상하겠다는 조건이어서 오히려 무슨 문제가 생기기를 바랐다고 했다.

어차피 오래된 차여서 당장 폐차시켜도 이상할 게 없는 자동차였으니까. 주혁은 약속한 장소에 가서 누가 차를 타는지 지켜보았다. 그런데 이번에도 문제가 생겼다. 차를 타러 아무도 나타나지 않았던 거였다.

"분명히 누군가가 나를 감시하고 있다."

주혁은 그러지 않고서는 말이 되지 않는다고 생각했다. 유독 자신이 나타날 때만 이런 일이 생긴다는 건, 누군가가 자신을 감시하고 있다가 작전을 취소시킨다는 걸 뜻했다. 그리고 자신을 감시하는 그자가 바로 일을 꾸민 자라는 거였고.

"미치겠네, 이번에도 방법이 없는 건가?"

주혁은 이번에도 상대를 확인하지 못하고 이렇게 일을 끝낼 수밖에 없는 것인가 싶었다. 그래도 혹시나 싶어서 자신 주변을 철저하게 감시하도록 했다. 누군가가 미행하는지 확인할 수 있도록.

지금도 주혁 주위에는 그런 인력이 배치되어 있었다. 그러나 아직 아무런 조짐도 보이지 않았다. 그래서 인력을 더 배치해 보았지만, 역시나 마찬가지였다. 미행하는 사람은 발견하지 못했다.

"이런 경우도 있나요?"

"글쎄요. 일단 자세하게 조사를 해봐야 알 것 같습니다. 지금 상태로는 뭐라고 말씀드리기가 어렵군요."

미스터 K는 몇 가지 검사를 해보겠다고 하고는 온갖 기계를 동원해서 주혁의 몸을 검사했다. 주혁은 듣도 보도 못한 그런 기계도 있었다. 혹시나 특수한 장치가 심어져 있나 해서였다. 하지만 각종 검사를 통해서도 별다른 점이 포착되지 않았다. 미스터 K는 고개를 갸웃거렸다.

"제가 확인할 수 있는 데까지는 해보았지만, 몸에 특별한 게 있지는 않습니다. 그리고 타고 가신 자동차를 비롯한 옷과 물건들도 전부 검사해 봤지만, 마찬가지였습니다. 깨끗합니다."

"그러면 어떤 방법으로 저를 미행하는 건가요?"

미스터 K는 바로 대답하지 못했다. 적합한 답변이 떠오르지 않아서였다. 한참을 생각하던 미스터 K는 조심스럽게 의견을 말했다.

"제가 한번 알아보겠습니다. 지금 당장은 말씀드릴 게 없군요."

미스터 K는 멋쩍은 표정이었다. 이렇게 대책 없는 경우는 처음이어서 그런 거였다.

주혁은 혹시 상대가 상자를 사용하는 건 아닐까 생각했지만, 그 역시 알 수 없었다. 주혁의 상자가 멈추지 않았으니까.

"혹시 다른 두 개의 상자와 관련이 있는?"

주혁은 자신이 가지고 있는 두 개의 상자가 다른 기능을 가지고 있는 것처럼 다른 상자들도 모두 독특한 기능을 가지고 있다고 생각했다. 그러니 그 상자를 가지고 있는 사람 중에서 한 명이 무슨 짓을 벌이는 것일지도 몰랐다.

한 가지는 확실했다. 적어도 로저 페이튼은 아니라는 점이었다. 그가 가지고 있는 상자를 사용하면 어떻게 된다는 걸 전에 겪어 봤으니까. 의심은 가지만 무엇 하나 확실하지 않은 상황. 정말 답답했다.

주혁은 일단 동전의 효과가 끝날 때까지 무조건 시간을 사용하면서 조금이라도 단서를 찾기로 했다. 그는 한숨을 푹 내쉬고는 잠자리에 들었다.

*　　　*　　　*

"…하는 …냐……."

주혁은 어디선가 들리는 소리에 고개를 두리번거렸다.

아무것도 보이지 않는 그저 새하얀 공간. 언젠가 본 적이 있는 곳이었다.

그리고 역시나 어디에서 소리가 나는지 이리저리 살펴보
았지만, 아무것도 보이지 않았다.

하지만 느낌이 그래서인지는 몰라도 소리도 전보다는 조
금 크게 들린 듯했다. 전에는 모기가 귓가 근처를 왔다 갔다
하면서 앵앵대는 느낌이었는데, 지금은 벌 정도가 부웅거리
면서 날아다니는 느낌이라고나 할까.

"이런… 리야… 고… 냐."

그리고 또다시 소리가 들렸다. 이번에는 소리가 조금 더 선
명하게 들렸다. 주혁은 여기저기를 둘러보았지만, 여전히 보
이는 건 새하얀 공간뿐이었다. 그렇지만 무언가가 점점 가까
이 오는 것 같은 느낌이 들었다.

가만히 있는데도 작은 진동이 느껴지는 것 같기도 했고, 무
언가 간질간질한 느낌이 들기도 했다.

그러다가 주혁은 깜짝 놀랐다. 갑자기 귀청이 떨어질 정도
로 큰 소리가 들렸기 때문이었다.

"니미, 뭐하는 놈인데, 이렇게 불러도 대답이 없냐? 쓰벨,
안 들리냐?"

주혁은 깜짝 놀라서 자리에서 벌떡 일어났다. 살다 살다 이
런 꿈은 처음이었다. 자리에서 일어나서 일단 물이라도 한 잔
마시려고 불을 켜고 거실로 걸어갔다. 걸어가면서 머리를 흔

들었다. 정신이 하나도 없어서였다.

물을 마신 후 방으로 돌아와서 의자에 털썩 걸터앉았다. 그리고 상자를 바라보았다. 상자의 숫자는 어느덧 2밖에는 남아 있지 않았다. 아직도 특별한 단서는 찾지 못한 상태. 주혁은 입맛을 다셨다.

이제는 슬슬 어떻게 정리를 해야 할지 생각해야 할 시기였다. 일단은 오전에 촬영에 조금 늦겠다고 하고는 외삼촌이 거래처에서 나오는 걸 확인하고 다시 촬영장으로 갈 생각이었다. 지금으로서는 그 방법이 최선이라고 생각되었다.

시계를 보니 새벽 3시 30분.

주혁은 다시 자리에 누우려고 했다. 만약에 머릿속에 그 소리가 울리지 않았다면 당연히 그랬을 것이다.

[어이, 소리를 들었으면 대답을 해야지. 어디서 이런 병자년 방죽 같은 놈이.]

주혁은 누우려다 말고 제자리 석상처럼 굳었다. 그리고 알수 있었다. 상자가 자신에게 말을 걸고 있다는 것을. 무슨 말인지는 잘 모르겠지만, 일단 대답을 해야겠다는 생각이 들었다.

"아, 아, 들리나요? 헬로우?"

[뭐 이런 겨떡 같은 놈을 봤나.]

상자는 이상한 소리를 해댔지만, 주혁은 어떻게 말하는지를 몰라 계속 이런저런 말을 해보았다.

하지만 여전히 의사소통이 되지 않았다.

[이런 밥보가 이번 인연이라니. 무녀리 같은 놈이 걸렸네, 무녀리 같은 놈이.]

상자는 통 알 수 없는 말을 지껄였다.

*   *   *

주혁이 상자와 대화를 나누는 데까지는 상당한 시간이 걸렸다. 정신을 집중하고 마음속으로 생각하면 대화를 할 수가 있었는데, 집중력이 조금만 흐트러지면, 바로 대화가 중단되었다. 그리고 상자는 성격이 그다지 좋지 않았다.

[그러니까 대화를 나누지는 못했지만, 나를 통해서 보고 들을 수는 있었다는 거네?]

대답이 없었다. 주혁은 혹시 집중력이 흐트러져서 그런 게 아닌가 싶었는데, 그런 건 아니었다. 상자는 무척 까칠했다. 자기가 하고 싶은 말만 하고, 무언가를 물어도 바로 대답하는 경우가 드물었다.

상자가 말한 거라고는 약간의 욕설과 주혁을 통해서 외부 세계를 보고 들을 수 있다는 거였다. 일정 범위 안에 있으면, 주혁이 보고 듣는 걸 똑같이 보고 들을 수 있다고 했다. 다른 감각은 소용이 없고, 시각과 청각만 공유된다는 거였다.

그러고는 말이 없었다. 하지만 아쉬운 건 주혁이었다. 지금은 뭔가 정보를 알아내야 할 타이밍이었으니까.

그래서 계속해서 물어보았는데 상자는 전혀 반응이 없었다.

한참 그러다가 주혁은 방법을 바꾸었다.

어떻게 해야 상자가 대답하게 만들까 생각하다가 지금 상자를 사람으로 치면 어떤 사람일까 생각하게 되었다. 물론 그냥 정신을 집중하지 않고 속으로 생각했다. 혹시라도 상자가 알아들으면 곤란했으니까.

'까칠하고 도도한. 자기 멋대로. 자기 할 말만 하고.'

지금까지 상자에게서 받은 느낌을 정리했다.

그러다 보니 대충 어떤 인물인지가 그려졌다. 하지만 확신할 수는 없었다. 이건 사람이 아니라 상자였으니까. 하지만 아무런 생각 없이 이야기하는 것보다는 무언가 단서를 가지고 접근하는 편이 나을 것이다.

주혁은 정신을 집중해서 질문을 던졌다. 지금 가장 중요하게 생각하는 문제였다. 바로 동전에 관한 질문이었다. 동전이 두 개밖에 남지 않아서 사실 조금 불안했다. 동전을 확보할 수만 있다면 여러모로 좋을 듯하여 질문했다.

[혹시 지금 남아 있는 동전이 몇 개나 있는지 알 수 있을까?

그리고 그 동전들이 어디에 있는지도.]

역시나 상자는 대답이 없었다. 여기까지는 예상한 대로였다. 주혁은 자신이 생각해 놓은 말을 했다. 혹시라도 통하면 좋고, 아니면 다른 방법을 시도하리라고 생각하면서.

[역시 그런 건 무리인가 보네, 다른 상자라면 가능하려나?]

[뭐? 무리? 웃기는군. 그런 것쯤은 가능하지. 분명히 말해 두는데, 이 능력은 나만 가지고 있는 능력이야. 부속품에 불과한 다른 상자는 절대로 할 수 없는 능력이지, 그럼.]

곧바로 반응이 왔다. 역시나 주혁이 생각한 것과 비슷했다. 주혁이 캐릭터를 그리면서 받은 느낌 중에서 가장 강한 건 자존심이 센 캐릭터라는 거였다. 그래서 자존심을 건드리는 말을 했더니 바로 반응이 온 거였다.

[그러면 지금 알 수가 있을까?]

[흥, 형편없는 몸을 가지고 있는 주제에 바라는 건 많군.]

상자는 주혁의 능력 때문에 조사하려면 상당한 시간이 걸릴 것 같다고 했다. 그러면서 주혁은 새로운 사실을 알 수 있었다. 상자의 사용자로 주혁이 등록되어 있으며, 등록 방법은 피라는 거였다.

주혁은 처음 상자를 작동했을 때가 생각났다. 열이 받아서 집어던지려고 금속 상자를 들었고, 그때 어딘가에 찔렸는지 손가락에서 피가 나왔다. 그리고 잠시 손가락을 빨던 주혁은 짜증을 내면서 금속 상자를 마구 흔들었다.

'아, 그때 피가 상자에 스며들면서 등록이 된 거였구나.'

주혁은 왜 증조할아버지는 상자를 사용할 수 없었는지 알 수 있었다. 등록되어 있지 않았기 때문이었다.

그리고 등록이 되면 상자가 계속해서 등록된 자를 강화시킨다는 점도 알게 되었다.

강화는 상자와의 거리와는 상관없이 이루어졌다. 원래는 훨씬 더 시간이 걸려야 대화를 나눌 수 있었는데, 상자가 합쳐지면서 업그레이드가 되어서 시간이 단축되었다고 했다.

'어쩐지, 머리도 좀 좋아지고 몸도 이상하게 좋아진 것 같더라니.'

엄청난 능력을 자랑하는 슈퍼 히어로와 같은 정도는 아니었지만, 일반인보다는 모든 것이 우월한 주혁이었다.

지금까지는 그게 다 단련한 결과라고 생각하고 있었는데, 거기에 상자의 능력이 더해져서 그리된 거였다.

그렇게 생각하니 머리가 좋아져서 배운 걸 기억을 잘하는 것도, 야구 구속이 빨라진 것도 다 이해가 되었다. 그리고 4,962일 동안 반복된 것이 엄청난 행운이었다는 사실도 알았다. 하루가 반복되어도 강화는 계속되는 거였으니까.

하지만 그렇게 강화가 되었음에도 상자의 능력을 사용하기에는 부족한 점이 많았다. 그래서 동전을 검색하는 데도 굉장히 긴 시간이 필요하다는 거였다.

그러나 그렇다고 해서 강화가 더 되기를 기다리고 있을 수만은 없는 일이었다. 동전의 확보는 어떤 일보다도 중요한 것이었으니까.

[그래도 먼저 동전을 찾았으면 좋겠는데. 혹시 얼마나 걸릴지 알 수 있을까?]

[이런 겨떡 같은… 아주 오래 걸린다. 정확한 시간은 나도 가늠할 수가 없다.]

상자는 잘 알아들을 수 없는 말을 사용했는데, 그게 다 옛날 말투라는 거였다. 주혁은 이 상자를 외국인이 가지고 다니다가 구한말에 고조할아버지에게 전해주었다는 사실이 떠올랐다. 그 외국인은 사용법을 알고 있었던 걸로 봐서 등록되어 있었을 터.

외국인이 상자를 계속 가지고 다녔었다면, 그 당시 말투 같은 걸 알고 있다는 게 이상하지는 않았다. 지금 당장 무슨 말인지 찾아보고 싶었지만, 일단은 동전을 찾는 문제부터 해결해야 했다.

[설마 몇 년이 걸린다거나 그러는 건 아니겠지?]

[나를 어떻게 보고……. 그런데 몸이 너무 형편없어서, 쯧, 빠르면 3개월, 늦으면 반년 정도 걸리겠다.]

생각보다는 오래 걸렸다. 며칠이 아니라 개월 단위였으니까. 하지만 그 정도는 참을 수 있었다. 동전의 행방만 알 수 있다면야 그 정도도 기다리지 못하겠는가. 그래서 상자에게 부탁했다. 동전을 찾아달라고.

[동전을 찾는 동안에는 나와 대화를 할 수가 없다. 대화하게 되면, 그때까지의 노력은 허사가 되고 다시 시작해야 하니까 잘 알아두도록.]

상자는 그러면서 자신을 여러 번 부르게 되면 그리된다고 알려주었다. 그리고 동전이 하나도 없을 수도 있다는 말도 했다. 정확하게는 탐색 결과가 그럴 수도 있다는 거였는데, 다른 상자 주변에 있는 동전은 탐색할 수 없다는 거였다.

주혁은 조금 아쉽다는 생각이 들었다. 잘하면 다른 상자의 주인이 동전을 몇 개 가지고 있는지도 알 수 있겠다는 생각을 했었는데, 그럴 수 없게 되었다. 상자의 말대로라면, 탐색 결과 정말 동전이 하나도 없다고 나올 수도 있었다.

하지만 다소 긍정적인 이야기도 있었다. 상자는 모두 다섯 개지만, 동전은 모두 일곱 상자가 있다는 거였다. 그리고 동전을 찾을 수 있는 건 자신이 가지고 있는 상자가 유일했다. 그러니 좋은 소식을 가져올 확률이 제법 된다고 생각했다.

'하지만 상자의 주인들이 남은 동전을 전부 가지고 있으면 문제가 아주 복잡해지는데…….'

주혁은 어찌 되었든 동전이 남아 있어서 자신이 구할 수 있기를 바랐다.

그리고 주혁은 다른 상자나 그와 관련된 몇 가지 질문을 했는데, 아직 주혁의 능력이 되지 않아서 대답할 수 없다고 했다. 정보도 능력에 따라서 알 수 있는 게 있는 모양이었다.

더 물어볼 것이 없는지 생각해 보았는데, 그 외에는 딱히 떠오르는 것이 없어서 동전을 찾으라고 이야기했다. 상자는 대답이 없었는데, 아무래도 동전을 찾기 시작한 것 같았다.

주혁은 동전만 확보된다면 상대가 무슨 수를 쓰든 극복할 수 있다고 생각했다. 그러니 동전을 확보하기 전까지만 큰 문제가 없으면 되었다. 그리고 아직 동전이 두 개가 남아 있으니 급한 일이 생긴다면 사용하면 되는 거였고.

주혁은 이제 내일 모든 걸 정리하고 다시 일상을 시작하기로 마음먹었다. 그리고 그전에 상자가 한 말이 뭔지를 찾아보기로 했다.

"어디 보자. 겨떡이 뭐냐……."

겨떡은 매우 보잘것없다는 뜻으로 지금은 개떡이라고 하는 말과 같았다.

겨는 곡식의 낟알을 찧어 벗겨낸 껍질을 뜻하는 말이었다. 예전에 궁핍할 때는 이것을 가지고도 떡을 해먹었다. 하지만 그런 게 맛이 있겠는가. 거칠고 맛도 형편없었다고 한다. 그래서 겨떡이라고 하던 것이 변해서 개떡이 된 거였다.

"하여간 입이 거친 상자야. 그러면 다른 것도 비슷하겠는데?"

주혁은 다른 것도 찾아보았다.

무녀리는 언행이 모자란 듯 보이는 사람이라는 뜻이었다.

본래는 짐승의 한배에서 나온 여러 마리 새끼 가운에 처음 나온 놈을 무녀리라고 부르는데, 문을 열고 나왔다는 뜻의 '문(門)+열(開)+이'가 변해 된 말이었다. 그런데 맨 처음 나온 새끼가 다른 새끼들에 비해 작고 허약한 경우가 많았던 모양이다. 그래서 그런 뜻으로 쓰이는 거였다.

그리고 병자년 방죽도 찾아보다. 건방지다는 뜻으로 쓰이는 말이었는데, 유래가 재미있었다. 고종 13년 병자년은 몹시 가물어서 방죽이 모두 말라붙었다. 그래서 건(乾) 방죽이라고 했는데, 그게 '건방지다'와 발음이 비슷해서 쓰이게 된 말이었다.

주혁은 갑자기 엉뚱한 생각이 들었다. 고종 13년이면 1,876년이었다. 그때면 우리나라에 외국인이 그래도 많이 들어와 있을 때이기는 한데, 그래도 왜 그런 대단한 능력을 가진 상자를 가진 외국인이 우리나라에 왔을까 하는 의문이 들었다.

그리고 그는 무슨 이유로 상자와 동전을 자신을 치료해 준 의사에게 넘겼을까 하는 의문도 생겼다. 그 의사가 주혁의 고

조할아버지였고, 덕분에 지금 주혁이 잘 쓰고 있기는 하지만.

만약 자신이었다면 상자를 다른 사람에게 넘겼을까 생각해 보았다. 당시에 어떤 일이 있었고 무슨 치료를 받은 건지는 모르겠지만, 자신 같으면 상자를 누구에게도 넘기지 않았을 것 같았다.

아니, 상자를 이용해서 다치기 전으로 돌아간다든지, 뭔가 다른 수를 썼을 것 같았다. 모든 것이 다 수수께끼였다.

하지만 어차피 알 수 없는 일.

주혁은 조용히 잠자리에 들었다. 내일부터는 다시 일상으로 돌아가는 걸 생각하면서.

*   *   *

주혁은 일어나자마자 감독에게 전화를 걸어서 오늘 조금 늦겠다고 이야기했다. 집안에 급한 일이 생겨서 잠시 들렀다가 올 곳이 있다고 하면서.

감독은 흔쾌히 승낙했다. 이 정도 일이야 촬영하면서 늘 있는 일이니까. 그리고 아예 오지 못하는 것도 아니고 조금 늦는 정도이니 문제될 건 없었다.

주혁은 외삼촌이 사고를 당한 지점으로 가서 차를 대기하고 있었다. 역시나 전처럼 자동차가 달려오다가 전화를 받고는 다시 돌아갔다. 그리고 외삼촌은 어떤 일이 있었는지도 모른 채 다시 회사로 돌아갔고.

주혁은 재빨리 촬영장으로 돌아왔다. 그런데 촬영을 시작하면서 아이들을 보니 예전과는 느낌이 조금 달랐다. 친인을 잃을 수도 있었던 경험을 하고 나니까 가까운 사람들이 더 애틋하게 느껴진다고나 할까.

그리고 이 시나리오가 더 가슴에 와 닿았다. 그래서인지 몰입도 다른 때보다 더 잘되었고, 느낌도 훨씬 좋았다. 그런 건 본인보다 주변 사람들이 더 잘 아는 법이다.

감독이 바로 이야기를 걸어왔다.

"주혁 씨, 오늘 무슨 일 있었어요? 갑자기 느낌이 좀 다르네. 뭔가 좀 더 포근하고 따뜻한 느낌?"

"에이, 그냥 기분이겠죠."

"아니에요, 아빠. 오늘 미묘하게 느낌이 달라요."

소영이도 거들고 나섰다. 아무래도 주혁을 가장 잘 아는 사람 중 한 명이니 차이점을 더 잘 느끼는 모양이었다. 주혁은 그냥 빙긋 웃었다. 그냥 기분이 좋아서였다.

이곳에 있는 게 정말 포근하고 아늑하다는 느낌이 들었다. 그리고 소영이와 철현이가 정말 가족같이 느껴졌다. 가족이 없어서 더 그런 느낌이 나는 것일까? 아니면 외삼촌의 일 때문에 그런 생각이 드는 것일까?

아무래도 상관없었다. 지금은 그냥 옆에서 함께 웃을 수 있는 사람들이 있다는 자체가 좋았다. 특히나 영화 속에서 자신의 딸과 손자로 나오는 소영이와 철현이. 둘이 있는 것만으로도 가슴이 꽉 찬 느낌이었다.

그런 느낌이 연기를 하면서도 자연스럽게 보였던 모양이었다. 그래서 촬영 분위기는 아주 화기애애하게 흘러갔다. 또 내용도 주혁과 소영, 철현, 이렇게 셋의 관계가 좋아져서 정말 가족같이 지내는 신이라서 잘 어울렸다.

스태프들은 오늘은 정말 진짜 가족처럼 보인다고 엄지를 치켜세웠다. 티격태격하면서도 서로 아끼는 게 보여서 그렇다는 거였다. 물론 기동이는 예외였다. 아직 감독의 손가락을 보고 연기하는 아이였으니까.

"피박에 쌍박에 전판 나가리요."

고사리 같은 손으로 화투를 들고 어눌한 목소리로 말하는 게 너무 웃겼다.

촬영장에 웃음이 터졌다. 하지만 그다음 장면에 비하면 이건 아무것도 아니었다.

주혁이 화투를 하나 감추고 있다가 몰래 꺼내는 장면이었다.

"저기."

주혁은 다른 쪽을 가리키고는 재빨리 다리 밑에 숨겨놓았
던 화투를 꺼냈다. 하지만 기동이에게 걸리고 말았다.

"쳇."

기동이는 주혁에게 썩소를 날렸다. 촬영장이 난리가 났다.
표정이 너무 리얼해서였다. 사람들은 끝내준다면서 열광했
다. 이건 분명히 사람들한테 먹힐 거라면서. 하지만 기동이는
피곤한 모양이었다.

"딱 한 컷만 더 찍고 그만두자."

"졸려요."

감독은 난감한 상황이었다. 이제 딱 한 컷만 찍으면 끝나는
데 기동이가 졸린다고 해서였다. 주혁이 보니 정말 눈이 거의
감겨 있었다.

"좀 재우고 하죠. 이 상태로는 힘들겠는데요."

어쩔 수 있겠는가. 사람들은 모두 기다리고 있고 기동이는
잠을 잤다. 주혁은 옆에서 소영이와 잠자는 아이의 모습을 지
켜보았다. 정말 천사가 있다면 저런 모습일 거라는 생각이 들

었다.

  사람들은 잠에서 깰까 조용조용 이야기를 나누었고, 촬영
장에는 아이가 잠자면서 내는 도로롱거리는 소리만이 들렸
다.

CHAPTER **32**
다시 시작된 촬영

사랑하는 사람의 마음에 상처를 주는 일만큼 가슴 아픈 일
도 없다. 정말로 해서는 안 되는, 하지만 하게 되면 어떤 것보
다도 큰 상처가 남는 일이다. 그래서 참 찍기 싫은 장면 중 하
나였지만, 반드시 찍어야 하는 장면이 오늘 촬영이었다.

　드디어 양수리 세트에서의 마지막 촬영. 하지만 여느 때와
는 달리 촬영장은 웃고 떠드는 분위기가 아니었다. 주혁과 소
영이 싸우고 결국 소영이 아이를 데리고 집에서 나가는 장면
이었기 때문이었다.

　영화는 영화일 뿐이다. 영화관에서야 쭉 이어지는 감정을

가지고 보니 웃기도 하고 울기도 하지만, 촬영하다가 멈추고를 반복하는 현장에서는 촬영 경험이 많은 스태프가 감정적이 되는 경우는 많지 않다.

하지만 오늘은 유독 스태프들이 상황에 감정이입을 하는 것처럼 보였다. 평소와는 다르다는 걸 스태프들도 알고는 서로 이상하다고 이야기를 나누기도 했다.

"에이, 영 기분이 안 나네."

"그러게 말이야. 나는 점심도 잘 안 들어가더라고. 먹다가 체할 것 같아서."

"이런 적은 별로 없었던 것 같은데 말이지. 저 가족이 저러지 않았으면 싶어서 그런 것 같아."

요 며칠 유난히 사이가 좋은 모습을 촬영해서 그런지 스태프들은 이미 주혁과 소영 가족을 응원하고 있었다. 셋이 티격태격하면서도 서로 아끼면서 지내는 모습이 정말 보기 좋았던 듯했다.

그렇게 셋을 정말 가족처럼 생각하고, 그들이 잘되었으면 좋겠다는 마음이 강하니까 그만큼 오늘 장면이 가슴 아팠던 거였다.

그런데 촬영은 조금 길어졌다. 현장에서 의견이 나와서 여러 버전을 촬영했기 때문이었다.

"더 가면 어떨까요?"

"여기서 더?"

촬영감독의 말에 모두가 의아해했다. 지금 찍은 것만 해도 나쁘지 않은 것 같은데, 그 이상 감정을 끌어올리자고 말하는 거였으니까. 감정이란 게 아주 미묘해서 너무 심하면 오히려 하지 않은 것만 못할 때가 많다.

"여기서 더 가면 신파가 되지 않을까? 대놓고 눈물 뽑자는 걸로 보이면……."

감독은 말을 하면서 소영을 바라보았다. 여기서는 소영의 역할이 중요했다. 사실 어떻게 정해져도 주혁의 감정은 거의 정해져 있지만, 소영은 연기해야 하는 감정의 폭이 매우 컸다.

소영은 곰곰이 생각에 잠겼다. 지금보다 더 격한 감정으로 가면 어떻게 해야 하는지. 그리고 막연하게 감이 왔다. 지금 장면에서는 정말 바닥까지 떨어지는 편이 더 좋을 것 같다고.

"가볼게요. 지금은 더 깊이 들어가는 게 좋을 것 같아요."

"그래, 그럼 한 번 더 가자고."

감독은 새로운 버전을 촬영하기로 했다. 코미디 영화라도 항상 웃기기만 해서는 안 된다. 감정의 굴곡이 없으면, 가면 갈수록 흥미를 잃게 되는 게 사람이다. 그러니 코미디 영화라도 정말 슬픈 감정을 한 번 정도는 주어야 한다. 그래야 절정 부분에서의 감동이 더 커지는 거니까.

연기가 시작되자 주혁은 매정하게 소영에게 말했다. 여기서 나가라고. 그동안 포근하고 따듯하게 해주었던 주혁에게 그런 소리를 들어서였을까. 소영은 서글픈 감정에 더 깊이 몰입할 수 있었다.

그리고 주혁이 쌀쌀맞게 말을 할수록 가슴이 점점 미어지는 것 같았다. 소영은 그렇게 점점 올라온 감정을 확 표출했다.

"남들 다 아빠 있잖아. 다 있잖아. 나는 왜 있는 아빠도 없다고 하면서 살아야 돼?"

모든 사람이 놀랐다. 그녀의 말 한마디에 전부 울컥하는 감정을 느꼈다. 그리고 그녀의 눈에서 눈물이 나오는 걸 보면서 자기도 모르게 앞이 잘 보이지 않게 되었다. 그리고 그 감정을 가장 잘 느끼는 건 바로 코앞에서 그 모습을 보고 있는 주혁이었다.

주혁은 정말 안쓰러웠다. 소영은 서러워하면서 왜 자신한테 이러는 거냐고 울부짖고 있었다. 지금이라도 안아주면서 그런 게 아니라고 달래주고 싶었다. 그래서 자신의 연기를 하는 데 몰입할 수가 없을 정도였다.

주혁은 소영을 아직은 아이처럼 보고 있었는데, 자신이 잘

못 생각하고 있었다는 걸 알 수 있었다.

그녀는 이미 훌륭한 배우였다. 지금 저 연기가 그걸 증명하고 있었다.

"내가 나오고 싶어서 나왔어? 나 조용히 살겠다잖아. 하고 싶은 노래도 안 하면서 살겠다잖아."

촬영감독은 눈에 눈물이 맺혀서 앞이 잘 보이지 않았다. 하지만 이를 꽉 깨물고 촬영에 집중했다. 주변에서 조금씩 훌쩍거리는 소리가 들렸다. 여자 스태프들은 벌써 소영이와 같이 우는 사람도 있었다.

"여기 있는 내 눈, 이거 코, 이거 다 아버지가 만든 거잖아. 나 여기 있잖아. 왜 내가 없었으면 해? 내가 여기 이렇게 있는데 왜?"

주혁은 대사 한마디 한마디가 가슴을 후벼 파는 느낌이었다. 당장에라도 눈물이 떨어질 것 같았다. 하지만 이렇게 훌륭한 소영이의 연기를 망칠 수는 없었다. 주혁은 주먹을 꽉 쥐고 대사를 말했다.

정말 입 밖으로 내기 싫은 말이었지만, 맡은 역할에 몰입해서 말했다. 가슴속에서부터 치고 올라오는 애처로움을 가까스로 억누르면서.

주혁은 최고라고 말할 수 있는 연기. 지금 소영이가 하고 있는 연기를 더 빛낼 수 있는 그런 모습을 보여주었다.

"너 원한 적 없어."

그리고 바로 옆으로 빠졌다. 원래도 동선이 그렇게 되어 있었지만, 더 있었다가는 틀림없이 NG가 날 것 같아서였다. 소영은 주혁의 그 대사를 듣더니 더 설움이 복받치는 것 같았다. 정말 서럽게 울었다. 연기인지 정말인지 구분이 되지 않는 서글픈 울음을.

"컷."

감독의 목소리도 살짝 잠겨 있었고, 여기저기서 흑흑대는 소리가 들렸다. 촬영장 전체가 울음바다였다.

주혁은 가만히 다가가서 소영이를 안아주었다. 촬영이 끝나고도 울음을 멈추지 않았다. 정말 역할에 깊이 들어갔었던 거였다.

무슨 할 말이 있겠는가. 그저 가만히 옆에 있어주는 게 전부였다.

"잘 나왔지?"

감독이 화면을 보면서 중얼거렸는데, 목소리에 기운이 하나도 없었다. 옆에 있던 조감독은 아예 펑펑 울고 있었고, 다른 스태프도 가슴이 먹먹해서 쉽사리 마음을 추스르지 못하고 있었다.

"영화는 잘 나올 것 같은데, 이런 장면은 다시 찍지 않았으면 좋겠어요."

스태프 중에서 한 명이 말했다. 사실 프로답지 않은 말이긴 했지만, 모두가 공감하는 말이기도 했다. 그러면서 사람들은 소영이라는 배우에 대해서 다시 생각하게 되었다. 이렇게까지 많은 사람을 울릴 수 있는 배우는 흔하지 않았으니까.

처음에는 주혁의 연기를 보면서 대단하다고 생각했었는데, 이제는 소영이도 정말 훌륭한 배우라고 생각하게 되었다.

사람들은 애잔한 마음을 지우지 못해서 잠시 근처를 서성이거나 밖에 나갔다 왔다.

그리고 감정이 잦아들었을 때, 사람들은 느낄 수 있었다. 아주 깨끗하고 시원했다. 마음에 있던 감정의 찌꺼기들이 모두 없어져서 개운한 그런 느낌이었다. 마치 비가 내려서 온갖 지저분한 먼지들이 싹 씻겨 내려간, 아주 맑은 하늘을 보는 그런 기분이 들었다.

*   *   *

세트장 촬영이 마무리되고 찍은 장면은 백화점 장면이었다. 영업하는 시간에는 촬영할 수가 없어서 영업이 모두 끝난 뒤에 세팅하고 촬영했다. 조명을 일일이 세팅해야 했기 때문에 준비를 하는 데도 시간이 제법 걸렸다.

하지만 주혁은 즐거웠다. 오늘 촬영하는 장면이 개인적으로 참 마음에 들어서였다. 그리고 촬영을 시작하면서부터 우리의 왕기동 군이 한 건을 해주셨다.

"아빠의 할아버지에 두으째……."

조금 늦은 시간이라서 그런지 애가 목소리가 갈라졌다. 사람들이 전부 빵 터졌다. 원래는 NG로 하고 다시 가야 하는 건데 이것이 더 재미있다면서 살리기로 했다.

"이런 장면은 일부러 하라고 하도 못해. 안 나오지 일부러 이렇게 하려고 하면."

"원래 잘되는 영화는 이런 게 터져줘야 하는 거거든. 주혁 씨도 추적자 찍을 때 있었잖아. 그 맨홀에서 넘어지는 거."

"하이고, 그거만 있었나요. 그때는 넘어지고 피 물고 있다가 넘어가서 기침하고, 난리도 아니었어요."

예전 영화 찍으면서 있었던 얘기, 드라마를 하면서 있었던 일들도 이야기하면서 웃음이 만발했다. 그렇게 촬영장은 다시 예전처럼 활기차고 에너지가 넘치는 모습으로 돌아왔다.

주혁은 역시 이 영화는 이런 분위기가 어울린다는 생각을 했다.

그리고 고개를 돌려 기동이를 보았는데, 언제나처럼 밤이 되자 졸려 했다. 하지만 오늘은 다행스럽게도 한 컷을 남기고 모든 사람이 대기해야 하는 불상사는 없었다. 나오는 장면도 그리 많지 않았고, 백화점이라 그런지 여기저기 구경을 하면서 돌아다녔다.

주혁도 내용 자체가 재미있어서 촬영이 신 났다. 소영이도 마찬가지였는데, 특히나 옷을 사주는 장면을 좋아했다.

"왜?"
"아니… 이게 그."
"마음에 안 들어?"
"아니, 그런 건 아닌데, 이거 좀 그."

소영은 옷을 들고 안절부절못했다. 주혁이 다가가자 슬쩍 태그를 내밀었다. 태그에는 가격이 98만 원이라고 되어 있었다. 너무 비싸서 소영이 부담스러워하는 거였다. 주혁은 옷을 확 빼앗아서는 막 구겼다.

"자, 이제 이거 사야 되는 거야. 이거 계산해 주시구요. 다른 것도 좀 보여주세요."

직원에게 옷을 툭 던지고 주혁은 앞으로 걸어갔다.

묘하게 기분 좋은 장면이었다. 안 그런 척하지만, 사실은 무언가 해주고 싶은 마음이 잘 표현되는 장면 같아서 연기하면서도 즐거웠다.

그런데 한 가지 궁금한 게 있었다.

아까 태그를 보고는 놀랄 뻔했다. 옷의 가격이 98만 원이라고 태그에 적혀 있어서였다. 그래서 촬영이 끝나고 주혁은 스태프에게 가서 물었다.

"저 옷이 정말 98만 원이에요?"

"그럴 리가요. 택만 그런 거죠. 혹시라도 택을 촬영할 수도 있으니까 준비한 거예요."

제작비도 많지 않은데 무리를 한 게 아닌가 했는데, 역시나 그런 건 아니었다. 적당한 옷에다가 태그만 바꿔 붙여놓은 거였다.

백화점에서의 촬영은 분량이 그리 많은 게 아니라서 생각보다는 일찍 끝났다.

그런데 촬영이 거의 끝나갈 무렵, 갑자기 감독이 흥분한 목소리로 이야기하는 것이 들렸다. 무슨 일인가 하고 다가가서 보니 전화를 받고 있었다.

"구했어? 정말?"

감독은 가만히 듣고 있다가 다시 속사포같이 말을 내뱉었다.

"내일? 오전에? 확실하지? 정말 잘 쳐야 된다. 나이도 어려야 되고."

감독은 통화를 마치고 만세를 부르더니 주혁에게 달려왔다. 그러고는 주혁의 손을 잡고는 마구 흔들었다.

"찾았어요, 찾았어."

"뭘요? 아니 우리 감독님이 뭘 찾았는데 이렇게 좋아하시나?"

감독은 싱글벙글하더니 기동이의 피아노 대역을 찾았다는 거였다.

사실 시나리오를 보면서 말이 많이 나왔던 장면이었다. 대역으로 연기할 아이가 그렇게 피아노를 잘 칠 수가 있느냐는 거였다. 그것도 기동이와 다른 아이라는 티가 나지 않으려면 아주 어린 아이여야 하는데 말이다.

그리고 그동안 적당한 아이를 찾지 못해서 애를 태우고 있었다. 다른 방식으로 촬영해야 하는지 고민도 했었다. 그런데 딱 적당한 아이를 찾았다고 하니 저리 기뻐하는 거였다.

주혁도 호기심이 생겼다.

"정말 그렇게 잘 친대요?"

"기가 막힌다네요. 주혁 씨도 시간 되면 내일 좀 일찍 나와요. 내일 오전에 직접 보기로 했으니까."

감독의 말에 소영이와 철현이도 호기심을 보였다. 셋은 내일 조금 일찍 나와서 어떤 아이인지 보기로 했다.

그리고 다음 날, 주혁은 아이를 보고 깜짝 놀랐다.

여자아이였는데 철현이보다는 조금 큰 것 같았다. 그래도 앞니가 빠진 아주 앳된 아이였다. 그런데 피아노에 올라가니 완전히 돌변하는 거였다.

브람스의 헝가리 무곡 5번.

주혁은 어디선가 들어본 곡이긴 했지만, 이야기를 듣고서야 그렇게 불린다는 사실을 알았다. 솔직히 주혁은 피아노를 잘 치지 못한다. 하지만 이 곡이 쉽지 않은 곡이구나 하는 정도는 알 수 있다.

눈을 감고 있으면 피아니스트가 치는 것인 줄 착각할 정도였다.

"정말 대박인데요? 애기가 우와."

지켜보고 있던 모든 사람이 일제히 손뼉을 쳤다. 사람들의 반응에 아이는 쑥스러워하면서 몸을 배배 꼬았다. 피아노를 칠 때와는 전혀 다른 모습이었다.

"아유, 이뻐라. 이름이 뭐예요?"

"아인이요."

소영이가 다가가서 물었는데, 아인이는 부끄러운 듯 말했다. 사람들은 모두 확신했다. 피아노 장면은 분명 대박이라고.

＊　　　＊　　　＊

경인방송에 만들어진 라디오 부스에서 촬영이 시작되었다. 공사가 끝난 공간을 보니 처음 황량하던 것과는 비교도 되지 않을 정도로 훌륭했다. 다만 조금 더운 감이 있었는데, 에어컨을 설치한다니 다행이라는 생각이 들었다.

한여름이라 정말 푹푹 찌는 날씨였는데, 거기다가 촬영을 하면 조명의 열기까지 더해진다. 그러니 아마도 에어컨 없이 촬영했다가는 땀으로 목욕을 해서 옷을 계속 갈아입어야 촬영을 할 수 있을 것이다.

그래서 첫날은 선풍기 바람으로 더위를 식혀가면서 촬영을 했는데, 다음 날부터는 쾌적한 환경에서 촬영할 수 있었다. 그렇게 새로운 장소에서의 촬영이 진행되고 있었다.

"가슴도 봉긋한 데다가 노래하는데……."

PD 역할을 맡은 배우가 특유의 코믹 연기를 선보이고 있었다. 어떻게 들으면 상당히 야할 수도 있는 대사였는데, 워낙 코믹하게 연기를 해서 그냥 재미있게 들렸다.

"그런 애들이 침대에서도 흐아아아~"
"야! 이 극악무도한 셰끼 이거."

주혁이 벌떡 일어서면서 소리를 질렀다. 사람들은 주혁의 연기를 보면서 픽픽 웃었다. 묘하게 화를 내는 장면인데도 웃겼다.

"이런 셰끼는 전자 빤스를 확 입혀가지고. 아 나 이거, 씨."

컷을 외치고 이 장면의 촬영은 마무리되었다.
그런데 스태프들의 이야기를 듣다가 감독은 고개를 갸웃거렸다.
"이야, 이제는 주혁 씨 애드립도 장난 아니네요."
"그렇지? 이번 거는 정말 좋았어."
순간적으로 감독은 지금 주혁이 한 대사가 원래 대본에 있었는지, 아니면 애드립인지가 헷갈렸다.
"전자 빤스라는 게 대본에 있었나?"

"예, 대본에 있는데요."

조감독이 대본을 뒤적이다가 대답했다.

"이상하네, 그런데 왜 주혁 씨가 애드립을 친 것 같은 기분이 들지?"

감독도 대본을 보고서 감탄하고 있었다. 대본을 보니 정말로 그 대사가 있었다. 그런데 주혁의 연기를 보고 있으면 꼭 주혁이 만들어낸 대사 같다는 느낌이 들었다. 이런 게 배우의 흡입력이구나 싶었다.

완전히 자기 것으로 만들어서 연기하고 대사를 치는 것이 바로 이런 거였다. 대본 그대로 하는 게 아니라 새로운 걸 만들어낸 것같이 느껴지는 그런 연기.

감독은 주혁의 연기를 보면서 이전 작품과는 조금 다르다는 느낌을 받았다.

그의 연기를 보고 있으면 안정감이 들었고, 기대감이 생겼다. 다른 작품에서처럼 강렬하고 빛나는 연기는 아니었지만, 전체적인 무게중심을 잡고 있어서 영화 전체를 안정시켰다.

소영이나 다른 배우들의 열연도 빛났지만, 주혁이 안정감을 주지 않았다면 전부 따로 놀 수도 있는 상황이었다. 주혁은 크게 이목을 끌지는 않았지만, 그가 있음으로 해서 다른 사람들의 열연이 제대로 빛날 수 있었다.

그런 생각을 하니 주혁을 캐스팅한 것이 정말 천운이었다는 생각을 하게 되었다.

하지만 감독은 여전히 고개를 갸웃거렸다.

"내가 쓴 대사 맞는데… 희한하네, 정말."

감독이 고개를 갸웃거리고 있을 때, 주혁이 화면을 확인하기 위해서 다가왔다. 그리고 감독과 같이 방금 촬영한 부분을 보았다.

주혁은 아무래도 꺼림칙했다. 대사 수위가 아주 아슬아슬해서 그런 거였다.

"이거 조금 위험하지 않을까요? 가슴이니 밝힌다느니 침대니 이런 거 나와서 12세 안 나올 것 같은데."

"좀 그렇긴 한데… 괜찮지 않을까? 연기가 원체 코믹하니까 그냥 넘어갈 수 있을 것 같기도 하고."

"아슬아슬하네요. 어떻게 보면 별문제가 되지 않을 수도 있을 것 같고."

잠시 이야기를 나누었는데, 사람들이 그냥 코믹하게 받아들이지 않겠느냐는 의견이 많아서 일단 넣어보기로 했다.

그리고 다음 날, 경인방송에 만들어진 라디오 부스에는 못 보던 얼굴들이 많이 보였다. 배우가 아니라 음악을 하는 사람들이었다. 시나리오상으로 필요한 사람들이었는데, 따로 오디션을 본 것은 아니었고 음악감독이 분주하게 연락을 해서 끌어모은 거였다.

주로 대학 후배들과 아는 사람들을 불렀는데, 덕분에 촬영이 빨리 진행될 수 있었다. 일찌감치 촬영장에 온 사람들은 처음 보는 촬영장이 신기한지 여기저기 돌아다니면서 구경을 했다.

"촬영장이 이런 식으로 생겼구나."

사람들은 몰려다니면서 수군수군 이야기를 나누었다. 장비에 가까이 가지는 못하고 멀찌감치 구경하면서 말을 했는데, 스태프가 오기라도 하면 슬쩍 자리에서 물러났다. 아직은 영 서먹서먹해하는 게 보였다.

그런 상황은 음악감독이 와서 인사를 시키고 나서야 풀렸다. 사람들은 인사를 하고서도 조금은 낯설어했는데, 사람들이 친절하게 대해주자 곧 적응하게 되었다. 서로 인사도 하고 말도 나누니 친해지는 건 금방이었다.

사람들 사이에서는 특히나 소영이의 인기가 좋았는데, 음악감독이 데려온 사람들이 대부분 남자여서 그랬다. 주혁을 모르는 사람은 없었지만, 적어도 오늘 온 사람들 사이에서는 인기가 있지는 않았다.

"신기하네, 우리가 영화에 다 나오고."

"잘해, 저번에 연습할 때처럼 버벅거리지 말고."

"웃기고 앉아 있네, 너나 잘해라, 인마. 맨날 무대에만 올라가면 잔뜩 쫄면서."

사람들은 긴장이 좀 풀렸는지, 자연스럽게 농담도 하고 그 랬다. 하지만 어수룩하게 보이는 건 여전했다. 두리번거리면 서 신기해하고, 처음 와보는 낯선 분위기에 완전히 동화되지 못한 티가 났다. 하지만 무대에 올라 연주를 시작하니 사람들 이 완전히 돌변했다.

"분위기가 확 바뀌네요."

"당연하지. 그래도 음악을 하는 사람들인데."

음악 하는 사람들이 무대에 서는 거는 배우가 카메라 앞에 서는 거나 마찬가지라고 음악감독은 말했다.

"왜 배우들도 카메라가 돌아가면 완전히 다른 사람이 되잖 아. 음악 하는 사람들도 마찬가지지."

확실히 한 분야에 열정을 가지고 일하는 사람들은 비슷한 면이 있었다. 음악과 연기. 분야는 조금 다를지 몰라도, 풍기 는 분위기는 비슷했다. 자기 일을 하면서 정말 즐거워하고 푹 빠져 있는 그런 모습. 주혁은 그런 모습을 보는 게 참 좋았다.

그런데 이 사람들이 촬영을 하는 게 무척 신기했던 모양이 었다. 촬영이 끝나면 쪼르륵 달려와서는 화면에 자신들이 어 떻게 나오는지를 확인하는 거였다. 그러고는 좋아하기도 하 고, 연기가 이상하다면서 안타까워하기도 했다.

그렇게 촬영 끝나면 화면 보고 자기 많이 나왔다고 자랑도 하다 보니 서로 경쟁의식이 발동한 모양이었다. 서로 화면에 많이 나오기 위해서 연기를 정말 열심히 했는데, 뜻밖에 연기를 잘했다. 시쳇말로 연기가 쫙쫙 붙었다.

"야, 너 연기 잘한다."

"선배님, 그렇죠? 저도 이렇게까지 연기가 체질일 줄은 몰랐네요. 이참에 연기로 한번 나서볼까요?"

음악감독의 칭찬에 출연자가 호들갑을 떨었는데, 음악감독은 피식 웃으면서 꿈 깨라는 이야기를 해주었다.

"에라, 이 자식아. 니들 중에서 조금 낫다는 거지 연기는 아무나 하는 줄 알아? 저기, 조금 있다가 배우들 연기하는 거 봐봐. 연기하겠다는 생각이 쏙 들어갈 테니까."

출연자는 입을 쭉 내밀고 구시렁거렸는데, 잠시 후에 주혁과 소영의 연기를 보고는 선배가 왜 그런 말을 했는지 알 수 있었다. 둘의 연기와 비교하니 자신의 연기는 학예회 수준이었던 거였다.

그렇게 재미있는 해프닝이 지나가고 출연자들의 파트가 모두 마무리되었다.

그리고 드디어 소영이의 차례가 되었다. 다른 때와는 달리 소영이는 무척 긴장한 모습이었는데, 연기가 아니라 연주를 하면서 노래를 불러야 하는 장면이기 때문이었다.

"뭘 그렇게 긴장을 하고 그래. 그냥 편안하게 해, 연습할 때처럼."

"다 알아요. 그런데 그게 잘 안되니까 그렇지."

하지만 말과는 달리 카메라가 돌아가자 확 분위기가 바뀌었다. 역시 소영이도 연기자는 연기자였다. 그리고 그동안 연습한 기타와 노래 실력을 유감없이 선보였다.

"이야, 잘한다. 기타도 괜찮은데?"

"어우, 저 정도면 훌륭한 거지. 더구나 어린 여자애가. 연습 엄청 했나 보다."

음악을 하는 사람들도 소영의 노력을 인정했다. 그만큼 연주도 노래도 훌륭했다. 노래가 정말 훌륭하다고 할 수는 없었지만, 아주 매력적으로 소화했다. 자기 방식으로 노래해서 듣는 사람을 매혹시키는 부분이 있었다.

"요즘 통기타 치는 사람도 보기 어려운데 말이야. 신선하네."

"그러게나 말입니다. 듣기 참 좋네요."

사람들은 모두 소영의 노래에 빠져들었다. 소영이 노래하고 연주하는 부분이나 기동이가 피아노를 치는 부분은 모두 이들이 한 가족이라는 걸 설명하는 부분이었다. 음악을 하는 강현수라는 인물의 핏줄을 물려받아서 음악적인 천재성을 가지고 태어났다는 설정이었다.

하지만 그래서 자세히 따지고 들어가면 말이 좀 안 되는 부분이 있기는 했다. 대부분은 아마도 모르는 것일 텐데, 음악을 하는 사람들이라 그런 부분에 대해서 대번에 캐치하고는 이야기했다.

"그런데 좀 말이 안 되는 거 아닌가?"

"뭐가요?"

심사 위원 역할로 온 사람 중 한 명이 의문점을 제기했다.

"말이 안 되지. 원곡하고 달라졌잖아. 코드가 살짝살짝 바뀌는데 뒤에 있는 연주자들이 즉석에서 따라가는 게 말이 되나."

"하긴 그렇긴 하네요. 그래도 그런 거야 우리 같은 사람들이나 신경 쓰는 거지요, 뭐."

감독과 음악감독은 쩔끔한 표정이었는데, 사람들이 모두 무대를 쳐다보고 있어서 들키지는 않았다.

소영이는 노래를 여러 번 불러야 했는데, 워낙 노래를 잘해서 듣는 내내 사람들은 즐거워했다.

심사 위원 역할로 섭외된 두 분은 모두 왕년에 유명했던 분이었는데, 아주 의욕적으로 촬영에 임했다. 둘 중 한 명은 음악감독의 친척이었는데, 연기에 굉장히 욕심을 냈다. 주혁이 대사를 하는데, 리액션도 아주 과감하게 했다.

촬영 내내 그런 모습을 불안불안하게 보고 있던 음악감독은 촬영이 끝나자마자 득달같이 달려와서는 타박을 시작했다.

"형, 왜 이렇게 연기에 욕심을 내요? 그렇게 나서지 않아도 된다니까요. 그러다가 NG 나면 어쩌려고 그래요."

"뭐가 어때서. 잘하고 있구만. 뭐든지 맡았으면 열심히 하는 거지."

"에이, 그런 게 아닌 것 같은데요?"

하지만 어색하지도 않았고, 적절한 연기로 보여서 그대로 가기로 했다. 오히려 촬영하다가 심사 위원의 캐릭터가 잡혔다.

그렇게 연기 초보자들과의 재미있는 촬영을 하다가 잠시 쉬는 동안 주혁은 촬영장을 방문한 김중택 대표와 이야기를 나누었다.

"주혁 씨, 이번 작품에서는 좀 임팩트가 약하지 않나요?"

김중택 대표와 함께 온 넥스트의 직원 하나가 주혁에게 물었다. 그 사람은 주혁의 광장한 팬이었는데, 특히나 추적자에서의 연기가 가장 인상 깊었다고 한 사람이었다.

그 질문에 주혁은 빙그레 웃었다.

"여기서는 그게 제 역할이니까요."

그 사람은 주혁이 혼자서 포복절도할 코미디를 선보이면서 영화 전체를 끌고 나갈 거라고 생각한 모양이었다. 하지만 주혁은 그렇게 생각하지 않았다. 자신은 그저 적당히 망가지면서 중심을 잡아주는 역할이면 충분하다고 여겼다.

하지만 그 사람은 계속해서 아쉬움을 토로했다. 기존 이미지와는 너무 달라서 그런 것도 있었고, 다른 배우들에 비해서 조금 묻히는 느낌도 들어서 안타깝다는 거였다.

하지만 주혁은 그 이야기를 듣고는 오히려 좋아했다.

"저까지 튀려고 하면 아마 엉망진창이 될걸요? 저는 지금 역할이 딱 좋은 것 같네요."

"그래도 추적자로 인상 깊은 연기를 선보였는데, 이렇게 밋밋한 역할을 하는 건 팬으로서 좀 아쉽네요."

"그 대신 아마 이 영화를 보면서 많은 사람들이 웃을 수 있을 겁니다. 저는 그걸로 만족해요."

주혁은 지금처럼 경제도 좋지 않고 뭐 하나 기분 좋은 일이 없는 때에, 잠시나마 편하게 웃을 수 있는 것도 좋지 않겠느냐고 말했다.

"게다가 가슴도 따뜻해지는 그런 내용도 있으니까 더욱 좋구요."

"하긴 나도 주혁 군 이야기에 공감해. 요즘 주변 사람들 이야기를 들어보면 다들 힘들다는 이야기밖에 하지 않는 것 같더라고."

그러니 이 영화가 분명히 사람들에게 의미 있을 것이라고 이야기했다. 주혁은 정말 그랬으면 좋겠다고 생각했다. 조금이라도 힘이 되고 웃음을 되찾을 수 있는 그런 영화가 되었으면 좋겠다는 생각을.

*　　　*　　　*

이제는 촬영이 거의 막바지였다. 그동안 재미있는 일도 무척 많았다. 하지만 어떤 재미있었던 장면도 지금처럼 웃기지는 않았다. 어제 거의 탈진 지경까지 갔던 소영도 배를 잡고 웃고 있었다.

아무리 즐거운 분위기에서 작업한다 해도, 촬영이 며칠 남지 않은 막바지쯤 되면 모두가 녹초가 된다. 다들 육체적으로나 심적으로나 무척 지쳐 있는 상태였다. 하지만 오늘 기동이의 모습을 보니 모든 피로가 한순간에 날아가 버리는 것 같았다.

기동이가 한쪽 무릎을 세우고 팔을 기댄 채 앉아 있었는데, 세상을 다 산 것 같은 표정이었다. 한쪽 옆에는 괴상한 소리를 내는 닭 인형이 떨어져 있었고.

그런데 이게 연출이 아니었다.

기동이가 자다가 일어나서 그냥 저러고 있는 거였다.

그래서 그대로 앉아 있으라고 하고는 촬영을 한 거였다.

사람들은 그 영상을 보고는 전부 쓰러졌다. 정말 영화가 잘되려니까 애가 자다가 일어나서 앉아 있는 것까지도 영상이 나오는구나 싶었다.

그리고 그렇게 웃음이 흐르던 촬영장에 생각지도 않았던 손님이 찾아왔다.

"어? 감독님."

"주혁 씨, 오랜만이지?"

주혁이 먼저 알아보고 인사를 했는데, 타짜의 지동훈 감독이었다. 개인적으로 좋아하는 감독이기도 해서 반가운 얼굴로 인사를 했다.

"잘 지내셨어요? 저번에 모였을 때 오시지. 다들 서운해하더라고요."

"나도 좀 아쉽더라고. 일이 좀 있는 바람에."

다들 바쁜 배우들이라 모이기가 쉽지 않았는데, 어떻게 날짜가 맞아서 모인 적이 한 번 있었다. 그때 지동훈 감독에게도 연락했었는데, 아쉽게도 다른 일이 있어서 그는 참석을 못했다.

주혁은 감독과 웃으면서 이야기를 나누었다.

"그런데 여기는 어쩐 일로 오셨어요?"

"뭐, 그냥 구경 좀 하려고."

지동훈 감독은 묘한 표정으로 웃으면서 대답했다.

주혁은 무슨 용무가 있어서 왔겠거니 하고는 이내 촬영 준비를 했다.

지동훈 감독은 그사이 다른 사람들과도 인사를 나누었고, 촬영 내내 현장에 있으면서 주혁을 지켜보았다.

"시간 되면 잠깐 이야기나 좀 할까?"

촬영이 모두 끝난 후에 지동훈 감독은 주혁에게 말을 걸었다.

주혁은 흔쾌하게 승낙하고는 근처에 있는 조용한 가게로 향했다.

주혁은 무슨 이야기를 할지 궁금해했는데, 감독은 앉자마자 빙긋 웃으면서 말을 해왔다.

"예전에 김중택 대표에게 재미있는 이야기를 했던데?"

"재미있는 이야기요?"

"그래, 조선 시대 도사가 현대로 오게 돼서 벌어지는 이야기."

주혁은 그제야 무슨 이야기인지 알아듣고 고개를 끄덕였다. 김중택이 넥스트의 대표가 아닌 배급사의 이사이던 시절, 뭐 재미있는 이야기가 없겠느냐는 질문에 문득 떠올라서 말한 게 기억났다.

"아, 기억나네요. 그거 장르 소설 본 게 생각나서 얘기한 거였는데."

주혁은 그 당시 생각이 나서 환하게 웃었다.

지동훈 감독도 같이 웃다가 다시 이야기를 시작했다. 주혁이 놀랄만한 이야기를.

"내가 지금 그 소재를 가지고 영화를 준비 중이거든."

"정말요?"

"그래, 조선 시대 도사인 전우치가 현대로 넘어오게 돼서 벌어지는 이야기야."

"오, 재미있겠는데요?"

뜻밖의 이야기였다. 그리고 기분이 묘했다. 전우치를 생각한 건 아니었지만, 자신의 아이디어가 영화로 만들어진다고 하니 살짝 들뜨기도 하면서 색다른 기분이었다. 지동훈 감독은 기뻐하는 주혁을 보면서 입을 열었다.

시나리오에 관해서 이야기를 시작했는데, 주혁은 정신없이 빨려들었다. 확실히 지동훈 감독은 굉장한 이야기꾼이라고 할 수 있었다. 이야기가 정말 흥미로웠고, 캐릭터도 머리에 쏙쏙 그려졌다.

"어때?"

"정말 재미있겠는데요? 이야기만 들어도 느낌이 확 오네요."

둘은 시나리오에 대해서 이런저런 이야기를 나누었다. 그리고 이야기를 하면서 지동훈 감독은 점점 놀라고 있었다. 좋은 배우라는 건 알고 있었지만, 이렇게 시나리오를 보는 눈이 날카로울 줄은 몰랐기 때문이었다.

자신이 생각지도 못한 부분을 집어내는가 하면, 정말 기가 막힌 해결책을 제시하기도 했다. 개중에는 자신이 설명을 빠뜨려서 주혁이 착각하고 있는 내용도 있었지만, 확실히 안목이 좋다는 게 느껴졌다.

원래는 이렇게 시나리오에 대해서 말을 길게 할 생각은 아니었지만, 이야기를 나누다 보니 워낙 좋은 의견이 많이 나와서 대화를 멈출 수가 없었다. 그래서 정작 본론은 뒤늦게 말하게 되었다.

"그래서 자네가 주인공을 좀 해줬으면 하는데?"

시나리오 이야기를 하다가 갑자기 주연을 맡으라는 이야기가 나오니 주혁은 어리둥절했다. 분명히 배역 때문이라는 건 대충 알고 있었다. 하지만 제작비가 100억 원이나 들어가는 대작이라는 말을 듣고는 주연은 아니겠구나 싶었다.

하지만 지 감독은 주혁을 주연으로 생각했고, 오늘 촬영장에 온 게 주혁의 연기를 보러 온 거라고 했다. 과연 코믹하고 유쾌한 연기도 가능한지 직접 눈으로 확인하기 위해서.

"사실 처음부터 주연배우로 생각하고 있었던 건 아니야."

주연배우를 누구로 할지 정하지는 않았지만, 원래는 주혁은 생각하지 않고 있었다고 했다. 그런데 영화는 영화다의 편집본을 우연히 볼 기회가 있었는데, 그걸 보고 굉장히 강렬한 느낌을 받았다고 했다.

"보니까 왜 그런 소문이 났는지 알겠더라고. 이야, 정말 남자가 이렇게 멋있게 보일 수도 있구나 싶더라니까."

영화는 영화다는 곧 개봉을 앞두고 있었다. 이제 조금 있으면 시사회를 시작하고 홍보도 들어갈 예정이었다. 그런데 이미 연예계에는 소문이 파다했다. 엄청난 저예산 영화인데 끝내주는 게 나왔다는 거였다.

"하지만 그것만으로는 부족했어. 나야 가능하다고 생각했지만, 투자자들도 설득해야 하니까. 그래서 직접 보러 온 거야."

그리고 오늘 현장에서 주혁을 보고는 마음을 굳혔다는 거였다. 코믹한 연기도 가능하다는 걸 누구나 알 수 있을 정도였으니까. 하지만 지 감독이 정작 중요하게 본 건 영화 전체를 끌고 나가는 힘이 보였다는 점이었다.

지동훈은 오늘 연기도 연기였지만, 촬영된 영상도 부탁해서 조금 볼 수 있었다. 그리고 확인할 수 있었다. 주혁이 중심을 잡고 있으니까 색깔이 다른 배우들이 잘 섞이는 게 보였고, 그 점이 아주 인상적이었다.

이번에 준비하고 있는 영화도 각양각색의 인물들이 등장하니 주인공이 확실하게 중심을 잡아줄 필요가 있었다. 그리고 그 적임자를 오늘 본 거였다.

"어때? 같이 한번 해보자고. 뭔가 운명적인 느낌이 들지 않아? 자기가 낸 아이디어가 영화화가 되고, 거기에 주연을 맡게 되고."

주혁은 정말 지동훈 감독의 말대로 운명적이라는 느낌이 들었다. 감독의 말주변이 뛰어난 것도 있었지만, 실제로도 그런 느낌이 들었다. 게다가 범죄의 재구성과 타짜를 만든 지동훈 감독. 누구나 같이 해보고 싶은 감독 중 한 명이 아닌가. 또한 이야기도 굉장히 흥미로웠다.

"하죠. 소속사와 상의는 해봐야겠지만, 아마도 특별히 반대하지는 않을 겁니다."

주혁은 시원하게 승낙했다.

대번에 승낙할 줄 몰랐던 감독은 껄껄 웃으면서 좋아했다. 그리고 영화에 대해서 조금 더 이야기를 나누었다. 이야기하다가 나머지 배역에 누가 좋은지에 대해서도 말이 오갔다.

"이 도사는 김준석 선배가 하면 좋겠네요. 그러고 보니 이번에는 저랑 선악이 바뀌는 거네요. 추적자에서는 제가 당하는 역이었는데. 같이하게 되면 재미있겠는데요?"

주혁의 말에 감독도 싱글벙글하면서 동의했다. 자신도 그 역할에는 김준석을 염두에 두고 있었기 때문이었다.

그런데 조금 결정하기 어려운 배역도 있었다. 여주인공도 그중 하나였는데, 여러 배우 이야기가 나왔다.

"글쎄요. 저는 그냥 이야기만 들었을 때는 정예진이나 민

혜교가 떠오르긴 하던데요."

"욕심이 과한 거 아닌가? 우리나라에서 톱인 배우들인데. 그래도 그 둘 중 하나가 되면 좋긴 하겠지?"

좋다 뿐인가. 둘 다 대한민국을 대표하는 20대 여배우들이었다. 이 영화에 출연하는 자체로도 제법 화제가 될 일이다. 주혁도 둘 중 한 명이 캐스팅된다면 정말 좋겠다는 생각을 했다. 그리고 계속 가상 캐스팅을 하면서 이야기를 나누었다.

주혁과 지 감독은 다른 배우도 떠올렸지만, 그래도 그 둘이 가장 나을 듯했다. 하지만 어디 배우 캐스팅이라는 게 그리 만만한 일이던가. 이런 배우일수록 원하는 곳은 많아서 캐스팅하기가 어려웠다.

"그래도 아마 자네가 한다면 반응이 올걸? 요즘 가장 화제가 되고 있는 게 자네니까 말이야."

배우가 영화의 출연을 선택할 때는 여러 가지를 고려한다. 시나리오나 감독도 중요하지만, 그에 못지않게 상대역도 중요하다. 그런 점에서 주혁이 캐스팅되었다는 건 분명 유리한 점이었다. 최근 연예계에서 가장 핫한 배우 중 한 명이었으니까.

"저도 둘 중 한 명과 연기한다면 정말 좋긴 하겠네요. 아직까지 그런 배우와 연기를 해본 적이 없어서요."

그런데 주혁은 이야기를 하다가 멈칫했다. 출연한 작품을 따져보고 말한 게 아니라, 그냥 느낌대로 말한 거였다. 그런데 정말 자기가 또래의 톱클래스 여배우와 연기를 한 적이 없었던 것 같았다.

생각을 해보니 정말 그랬다. 추적자도 그랬고 영화는 영화다 역시 시커먼 남자 배우 둘이서 치고받는 영화 아니었던가. 과속 삼대에서 제목이 바뀐 과속 스캔들에서도 딸과 손자가 나오는 젊은 할아버지 역할이었으니까 별반 나을 것이 없었다.

그전에 단역으로 출연한 영화도 모두 그랬다. 유혜수 누님이야 스타이기는 해도, 또래라고 볼 수는 없지 않은가. 게다가 타짜에 출연한 건 정말 대사도 거의 없는 단역이었던 시절이었고.

심지어는 드라마도 비슷했다. 커피 프린스나 네오하트 역시 주연 여배우가 톱클래스라고 하기에는 약간 무리가 있었으니까.

주혁은 작품을 하나하나 떠올리다가 헛웃음을 지었다.

"키야, 이거 생각해 보니까 정말 그러네요. 영화도 그렇고 드라마도 그렇고."

주혁은 신기하다는 표정으로 말했다.

지금까지는 그런 것에 대해서 전혀 생각해 본 적이 없었는데, 따져보니 참 기분이 묘했다. 어떻게 그런 경험이 없을 수가 있을까 생각되었다. 출연한 작품의 수가 많지는 않았지만,

그래도 성공한 작품이 많았는데 말이다.

"정말이네? 나는 주혁 씨가 그래도 여배우하고 좀 찍은 줄 알았는데……."

지 감독도 영화와 드라마를 하나하나 떠올리더니 맞장구쳤다.

주혁이 여배우와 연결된 적이 한 번도 없었다. 그나마 네오하트에서 약간의 로맨스가 있었던 게 전부인 것 같았다. 그것도 몇 신 나오지 않고, 바로 물러서는 역이었고.

"이거 좀 미안한데? 이번 작품도 크게 기대할 건 없을 것 같은데 말이야."

그러면서 감독은 크게 웃었다. 이번 영화에서도 로맨스가 주가 되는 건 아니니 다음 기회를 기약하라고 하면서.

"상관있나요. 작품이 그러니 어쩔 수 없죠. 그래도 신경 써서 좀 많이 넣어주실 거죠?"

주혁은 농담을 던졌고, 지 감독은 웃으면서 그렇게 하겠다고 답했다.

의도한 건 아니었지만, 어쩌다보니 그렇게 되었다.

주혁은 기왕이면 여배우 캐스팅이 잘되었으면 좋겠다고 생각했다. 이 기회에 또래 여배우와 제대로 연기를 해보고 싶다는 생각이 들어서였다.

주혁은 감독과 헤어져 집으로 돌아가면서 이상하다는 생

각이 들었다. 지아에 대한 생각 때문이었다. 언제부터인가 서로 바쁘다는 이유로 연락이 뜸하게 되었다.

사실 정식으로 사귀었다고 하기도 그랬고, 아니라고 하기도 좀 그런 사이였다. 물론 지금도 연락하면 편하긴 했다.

도대체 이걸 어떤 관계라고 해야 할지 헷갈렸다. 지금도 문자를 보내거나 전화를 하면 반갑게 받아줄 것이다. 그리고 오래 알고 지낸 사이처럼 이야기를 잠깐 나눌 것이다. 하지만 거기서 더 나가는 느낌이 없었다.

주혁은 문자라도 보낼까 하다가 손을 뗐다. 둘 사이에 대해 생각을 좀 해봐야겠다는 생각이 들어서였다.

"혹시 이게……."

주혁은 오늘 나온 여배우 이야기 때문에 이런 생각이 난 게 아닐까 하는 생각이 갑자기 떠올랐다. 곰곰이 생각해 보았는데, 그런 건 아닌 듯했다. 전부터도 계속해서 생각해 오던 거였다. 그리고 계속해서 이야기하려고 했던 말이었고.

하지만 시기가 묘하다 보니 마음이 편치는 않았다. 주혁은 집에 들어가는 길에 맥주라도 한 캔 사서 가야겠다고 생각했다. 시원한 맥주라도 한잔하면 복잡한 생각이 잘 정리될 것 같아서였다.

*   *   *

"어? 그때 전설의 고향 촬영장에서 연습하던……."

유치원에 촬영하러 갔는데 아는 얼굴이 보였다. 얼마 전에 전설의 고향을 찍었을 때, 일찍 나와서 연습하다 마주친 적이 있는 단역이었다. 여종 역할이라는 것은 기억이 났는데, 이름은 기억이 나지 않았다. 분명히 이름을 들었는데, 조금 미안한 생각이 들었다.

"예, 맞아요. 잘 지내셨어요?"

그녀도 반가운 얼굴로 인사를 하고는, 송아현이라고 다시 이름을 알려주었다.

여기서는 유치원에서 일하는 사람 중 한 명이었는데, 대사도 없는 역할이었다. 그래도 아는 사람이라고 무척 반가웠다.

인사를 마친 둘은 촬영 준비를 하러 안으로 들어갔는데, 연기하면서 얼굴은 종종 보게 되었다. 지나다가 마주치면 인사 정도는 하고 지냈다. 참 열심히는 하는데, 쓰임새가 많다고 보기는 어려운 배우였다. 특색이 있는 것도 아니고, 연기력이 아주 특별한 것도 아니고.

못하는 건 아니었는데, 비중 있는 역할을 맡기기에는 뭔가 아쉬운 그런 배우였다. 하지만 그런 배우가 어디 한둘이던가. 사실은 상자를 얻지 못했으면, 주혁도 그런 배우 중 한 명이었을 수도 있었다.

촬영도 이제 정말 며칠 남지 않았다. 유치원 장면이 끝나면 경찰서에서의 촬영만 하면 공식적인 촬영은 모두 끝난다. 보충 촬영 이야기가 솔솔 나오고 있긴 했지만, 어디까지나 공식적인 크랭크 업은 며칠 뒤였다.

"수고하셨습니다."

주혁은 촬영을 하고 잠시 쉬기 위해서 건물 밖으로 나갔다.

아이들 장면을 찍고 있어서 자기 차례가 되려면 시간이 조금 있었다. 아이들 틈에 있었더니 정말 정신이 하나도 없는 듯했다. 귀엽긴 한데 무척 시끄러웠다.

그늘에서 잠깐 쉬고 있는데 어디선가 사람 목소리가 들렸다. 굳이 내용을 들으려고 한 건 아니었다. 거리는 제법 되었는데, 귀가 좋아서 내용이 자세하게 들린 것뿐이었다. 송아현이 소리 죽여서 통화하고 있었는데, 표정이 무척 좋지 않았다.

"저 이제는 안 한다고 했잖아요."

그녀는 조금 떨리는 목소리로 대답했다. 그 말을 하고는 계속해서 전화기에 귀를 대고만 있었는데, 상대가 무슨 이야기를 하는지 표정이 점점 어두워졌다. 중간중간 하고 싶지 않다는 이야기를 꺼내기는 했는데, 목소리에 점점 힘이 없어져 갔다.

"알았어요. 이따가 갈게요."

그녀는 체념한 표정으로 전화기를 내렸다. 그리고 뒤에 사람이 있는 걸 알고는 흠칫 놀랐는데, 멀찌감치 있는 걸 확인하고는 가볍게 안도의 한숨을 내쉬었다. 그리고 밝은 표정의 가면을 쓰고는 걸어 나와서 주혁에게 인사를 했다.

"쉬러 나오셨나 봐요?"

"예, 애들이 워낙 장난이 심해서요."

한여름의 강렬한 빛에 바싹 말라 버린 길바닥처럼 무미건조한 대화였다.

그녀는 뒤돌아서 가려다가 뒤돌아서 말을 걸었다.

"저, 저기……."

"예? 왜요?"

주혁은 고개를 돌리면서 물었다.

"혹시 뭐 물어볼 거 있고 그러면 연락해도 돼요?"

말하는 그녀의 입가가 살짝 떨리고 있었다. 주혁은 송아현의 얼굴을 잠깐 보다가 손을 내밀었다.

그녀는 멀뚱멀뚱 주혁을 쳐다보고 있었다.

"핸드폰 줘봐요. 번호 찍어줄 테니까."

그제야 손을 내민 게 무슨 뜻인지 알아챈 송아현은 당황하면서 주머니를 뒤졌다.

주혁은 그녀의 핸드폰에 자기 번호를 누르고, 통화 버튼을 눌렀다. 잠시 후, 주혁의 핸드폰이 부르르 떨렸다.

"못 받을 때도 있어요. 촬영 중이거나 일 있을 때도 많으니까."

"괜찮아요. 이 일 하는데 그 정도도 모르겠어요?"

그녀는 고맙다고 인사를 하고는 건물 안으로 사라졌다. 주혁은 잠시 밖을 서성이다가 촬영 시간에 맞춰서 다시 촬영장으로 들어갔다.

그러고는 송아현과는 그날 내내 마주칠 일이 없었다.

그녀에게서 연락이 온 건 집에 돌아가서 잠이 들기 바로 직전이었다. 갑자기 문자가 와서 보니 송아현의 문자였다.

─연기력이 화아 늘 방버ㅂ 없을까요?

띄어쓰기도 엉망이었고, 맞춤법도 제멋대로였다. 아마도 술을 마신 것 같았다. 주혁은 잠시 문자를 바라보다가 답장을 보냈다.

─시간과 노력 말고는 아는 방법이 없네요.

답장은 오지 않았다.

*　　　*　　　*

"컷."

모든 사람이 환호성을 질렀다. 드디어 기나긴 촬영이 끝났다. 보충 촬영을 하기로 해서 며칠 더 찍어야 하긴 했지만, 그래도 끝은 끝이었다.

주혁은 사람들과 등을 두드리면서 수고했다는 말을 했다.

"소영이도 수고 많았다. 연기 정말 많이 늘었더라."

"다 아빠가 잘 가르쳐 준 덕분이죠, 뭐."

주혁은 소영이와 철현이를 끌어안고 토닥여 주었다. 정말 처음에는 셋이서 잘될까 걱정도 했었는데, 생각보다는 잘한 것 같았다. 특히나 소영이와 철현이가 잘해주었는데, 한동안 계속 가족이라고 생각하고 지냈더니 정말 가족 같다는 느낌마저 들었다.

"야, 소영이 진짜 처음 봤을 때는 교복 입고 있었는데, 벌써 대학생도 되고. 거기다가 욕도 잘하고."

"아빠!"

소영이가 뾰족한 소리를 질렀다. 주혁은 능청스러운 표정으로 다른 데를 쳐다보면서 웃었다.

아까 소영이는 촬영하다가 연기에 몰입해서 욕설이 튀어나왔다. 원래 애 아빠한테 이 애가 니 애라고 말하는 장면이었다.

당연히 그 장면은 쓰지 못하고 다시 찍었는데, 주혁이 놀려대는 거였다. 그만큼 서로 친하고 장난도 많이 치고 정말 식구처럼 지냈다. 그래서 촬영이 끝난 게 속 시원하기도 하면서 못내 섭섭하기도 했다.

"주혁 씨는 안 갈래?"

"죄송해요. 홍보 때문에……. 나중에 보충 촬영 끝나고 날 잡아서 한잔해요."

스태프들이 가볍게 한잔하자는 말을 했는데, 주혁은 바빠서 그럴 겨를이 없었다. 바로 영화는 영화다의 홍보를 하고 다녀야 했다. 그리고 거기다가 추가 촬영까지 있으니 촬영을 할 때보다 바쁠 것 같았다.

그리고 실제 일정은 주혁이 생각한 것보다 훨씬 바빴다. 부르는 곳이 많아서 추가로 일정이 잡혀서 그랬다. 영화는 영화다의 인기는 개봉 전부터 심상치 않았는데, 때문에 주혁은 엄청나게 바쁜 일정을 소화해야 했다.

그리고 가는 곳마다 굉장한 환호를 받았는데, 주혁은 지금까지 살아오면서 이렇게 엄청난 박수갈채를 받은 적이 없었다. 추적자를 홍보할 때와는 또 다른 분위기였다.

사람들은 주혁에게 정말 아낌없는 찬사를 보냈다. 추적자에서 보여준 이미지는 이미 모두 잊어버린 듯했다. 커다란 박수 소리가 울리면 가슴이 뜨거워졌다. 배우로서 정말 잊을 수 없는 시간이었다. 그리고 기다리던 개봉 후에도 뜨거운 반응은 계속 이어졌다.

　—강주혁, '모방' 이 아니라 '창조' 로 우리에게 다가온 남자
　—강렬한 눈빛, 묵직한 카리스마로 나타난 강주혁
　—거칠고 우울한 매력. 강주혁의 매력은 이제 시작이다

　관객과 비평가 모두에게 높은 점수를 받았다. 주혁이 독특한 캐릭터를 선보였다는 찬사에서부터 눈을 뗄 수 없는 연기였다는 호평까지 극찬이 이어졌다.
　사람들은 주혁이 보여준 연기력에 감탄했고, 주연배우로서도 충분한 역량이 있다는 걸 모두가 인정했다.
　이 영화를 보면 그걸 인정할 수밖에 없었다. 그만큼 주혁이 영화에서 보여준 모습은 강렬하고 대단했다.
　그리고 그런 점이 아주 좋게 작용한 곳이 또 있었다. 바로 지동훈 감독의 새로운 영화 전우치였다.
　"이걸 보면 알 수 있지 않습니까. 주연으로 충분하다니까요."
　"그렇긴 하더라고. 나도 알아보니까 평들이 다들 좋긴 하더군."
　"그러지 말고 직접 가서 보세요. 아마 제가 왜 이러는지 대

번에 아실 수 있으실 겁니다."

지동훈 감독은 주혁을 주인공으로 캐스팅하겠다고 이야기했고, 배급사나 다른 사람은 좋다고 이야기했다. 그런데 영화에 투자하기로 한 최대 투자자가 제동을 걸고 나왔다. 강주혁이라는 배우가 대작의 주인공으로 과연 어울리겠느냐는 거였다.

연기력은 인정받고 있었지만, 추적자에서 보여준 좋지 않은 이미지가 발목을 잡을 수도 있다는 거였다. 워낙 강렬한 이미지라서 쉽게 잊히기 어려울 것 같다면서. 지동훈 감독은 전우치의 개봉이 내년 말이나 되니 그때쯤이면 아무도 기억하지 못할 거라고 했지만 소용없었다.

사실 그의 주장도 일리가 있었다. 제작비가 100억 원이나 들어가는 대작 영화에 모험을 할 수는 없는 일이었으니까. 그러니 잘 알려진 흥행 보증수표를 쓰자고 했다. 그래야 화제도 되고 흥행에도 도움이 될 거라면서.

그런데 영화는 영화다가 개봉되고 나니 모든 것이 해결되었다. 강주혁이 주연으로서 충분한 능력이 있다는 점도 증명이 되었고, 추적자의 살인마 이미지도 벗어 버렸다. 그냥 연기가 끝내주는 배우로 인식되었다.

"주혁이로 가시죠. 지금 이 정도 핫한 배우가 어디 있습니까. 전우치에 나온다는 것만 알려져도 아마 엄청난 화제가 될 겁니다."

투자자는 거의 넘어온 상태였다. 워낙 화제가 되고 있고, 주변 사람들도 강력하게 추천했다. 게다가 감독 옆에 있던 배급사의 임원도 슬쩍 거들었다.

"그리고 여주인공 캐스팅에도 아주 긍정적입니다. 정예진 측에서 처음에는 별다른 반응이 없었는데, 강주혁이 캐스팅될 거라는 말에 긍정적으로 나오더군요."

정예진이라면 청순한 이미지에 톡톡 튀는 발랄한 매력까지 겸비한 최고의 스타였다. 그녀가 영화에 합류한다면야 투자자로서는 더 바랄 게 없었다. 그만큼 매력적이고 연기력도 뒷받침되는 배우였으니까.

"강주혁이 주연을 맡으면 정예진도 가능성이 높다는 말이지."

투자자는 다짐을 받듯이 다시 뇌까렸다.

분위기를 눈치챈 배급사 임원이 잽싸게 말을 붙였다.

"그렇습니다. 아마 젊은 여배우라면 한 번쯤은 같이 연기해 보고 싶을걸요? 연기력 좋고, 잘생겼고. 게다가 작품을 보는 눈이 좋잖습니까. 지금까지 나왔던 영화나 드라마가 다 중박 이상은 쳤거든요. 작품성도 좋게 평가받았구요."

그것이 우연인지 안목인지는 다른 사람은 알 수 없다. 하지만 어떤 경우라도 상대로서는 기분 좋은 일이다. 안목이 좋은 거면 좋은 작품을 같이 하는 것이고, 운이 좋아서 그리된 거면 행운을 함께하는 거니까 그것도 나쁘지 않고.

그리고 마지막으로 지 감독이 결정타를 날렸다.

"이번에 찍은 코믹 영화가 있는데, 그것도 반응이 좋습니다. 이 영화 주인공 이미지하고 아주 딱 맞는 배우인 거죠. 거기다가 시나리오 보셨으니 아시겠지만, 여주인공 캐릭터가 정예진하고 정말 잘 어울리지 않습니까?"

투자자는 결국 고개를 끄덕일 수밖에 없었다. 자신이 생각해 봐도 그림이 좋았다.

투자자의 승낙을 얻은 감독은 주먹을 불끈 쥐고 기쁨을 만끽했다. 강주혁과 정예진. 두 명이 화면 안에서 돌아다닐 걸 생각만 해도 짜릿짜릿한 기분이 들었다.

매력이 철철 넘치는 두 배우가 과연 어느 정도 연기와 호흡을 보여줄지 벌써부터 기대가 되었다. 게다가 김준석과 박윤식, 김해진, 염정은이라는 걸출한 배우들이 뒤를 받치고 있으니 엄청난 영화가 될 것 같았다.

그렇게 영화 전우치의 남자 주인공이 강주혁으로 결정되었다. 그리고 강주혁이 확정되었다는 소식에 정예진도 캐스팅 제안을 받아들였다.

들리는 말로는 소속사에서는 다른 작품을 권했는데 정예진이 강주혁과 꼭 한번 연기를 해보고 싶다고 적극적으로 말해서 성사가 되었다고 했다. 정예진이 추적자와 영화는 영화다를 보고 너무 강한 인상을 받아서 강하게 주장했다는 거였다. 정예진이 다른 스케줄이 있던 걸 모두 취소시켰다는 얘기도 있었는데, 확인되지는 않은 이야기였다.

"정말요?"

주혁은 남녀 주인공으로 자신과 정예진이 확정되었다는 소식을 듣고는 상당히 고무되었다. 정예진 같은 여배우라면 누구나 한 번쯤은 작품을 해보고 싶지 않겠는가. 거기다가 영화는 영화다는 흥행에 성공하고 있었고, 주혁에게는 찬사가 쏟아지고 있었다.

게다가 연예계에서는 과속 스캔들도 심상치가 않다는 소문이 슬슬 퍼지고 있었다.

정말 더 이상 좋을 수 없는 날들이 계속되고 있었다.

주혁은 그동안의 고생을 한꺼번에 보상받는 기분이 들었다.

"아, 좋구나. 정말 이런 날만 계속되면 좋겠다."

주혁은 바쁜 일정을 마치고 집에 돌아와 시원한 맥주를 한 모금 마시면서 중얼거렸다.

CHAPTER **33**
스타

스타가 되었다는 건 기분 좋은 일이다.

주혁은 배우들이 왜 그렇게 스타가 되려고 하는지 확실하게 알 수 있었다.

며칠 사이에 분위기가 완전히 바뀌어 버렸다. 정말 실감이 나지 않을 정도로.

영화는 영화다가 개봉을 한 후로 반응은 폭발적이었다. 특히나 여성 관객들의 반응이 뜨거웠는데, 며칠 동안은 하루에 팬클럽에 가입하는 숫자가 만 명이 넘을 정도였다. 영화가 잘되리라는 생각은 있었지만, 반응이 이 정도로 뜨거우리라는 건 생각지도 못한 일이었다.

"형님, 제가 봐도 멋졌습니다. 주변에서 형님 싸인 좀 받아 달라고 아주 난립니다."

"맞아요, 오빠. 내 친구들도 촬영장 구경 올 수 없냐면서 그래요. 저는 영화 보면서 숨이 다 막혔다니까요."

평소 같았으면 조금 시끄럽게 들렸을 장백과 윤미의 종알 대는 목소리도 오늘은 상쾌한 음악 소리처럼 들렸다. 사방에서 칭찬하는 소리가 들리니 저절로 어깨가 으쓱거렸다. 이러니까 사람이 거만해지는 거구나 싶었다.

하지만 주혁은 잘 알고 있었다. 이런 때일수록 조심해야 한다는 사실을. 오르기는 어렵지만, 떨어지는 건 한 방이다. 하지만 기분이 좋은 건 사실이었다. 겸손하게 지내긴 하겠지만, 당분간은 이런 기분을 만끽하고 싶었다.

그리고 굳이 그러려고 하지 않아도 어디를 가나 그런 기분을 느낄 수 있었다. 심지어는 촬영장에 가서도 그랬다. 추가 촬영을 하러 가는데, 주혁을 보는 사람들의 시선이 달랐다. 설마 여기서는 그렇지 않을 줄 알았는데 말이다.

양수리에 있는 세트장에 있는 사람들은 대부분 영화 관계자들이다. 영화배우를 봐도 별다른 반응을 보이지 않는다. 늘 보는 게 영화배우였으니까. 그래서 평소와 다름없이 세트장에 도착했는데, 다른 영화 촬영을 위해서 와 있는 사람들이 주혁을 보고는 어쩔 줄을 몰라 했다.

"장백이 오빠는 왜 어깨에 힘이 들어가는 건데요?"

"응? 내가 뭐?"

윤미가 장백에게 한 소리를 했다. 주혁이 옆을 보니 장백이
가 어깨에 잔뜩 힘을 주고는 주혁을 따라오고 있는 게 보였
다. 사방에서 시선이 쏟아지니까 자신도 모르게 힘이 들어간
모양이었다. 주혁은 빙긋 웃으면서 어깨를 툭툭 쳤다.

"어이고, 강주혁 씨."

"왜 그러세요, 처음 보는 사람들처럼."

촬영장에 도착하니 스태프들도 평소와는 분위기가 달랐
다. 주혁을 대하는 게 조금 조심스러워졌다고 해야 할까? 전
에는 굉장히 친근하게 대했다. 두 달 정도를 같이 붙어서 작
업했으니 당연히 그러지 않겠는가. 그런데 지금은 조금 과장
하면 연예인을 본 일반인의 표정이었다.

"자, 자, 다들 자리 잡고 빨리 시작합시다. 추가 촬영이니
까 길게 가지 말자고."

감독이 나서서 주변을 정리했다. 추가 촬영을 마치고 나도
할 일이 많다. 편집도 마무리해야 하고, 음악에 녹음에, 해야
할 후반 작업이 한두 개가 아니다. 감독의 말에 촬영장은 다
시 빠릿빠릿하게 돌아가기 시작했다. 그러자 감독이 슬그머
니 주혁에게 다가와서는 귓속말로 말했다.

"주혁 씨, 가기 전에 사인 몇 개만 해주고 가. 아는 사람들이 부탁해서."

주혁이 어처구니없다는 표정으로 감독을 바라봤는데, 감독은 멋쩍은 표정을 하고는 촬영장 쪽으로 걸어갔다.

"거기. 빨리빨리 준비하자고."

저절로 피식 웃음이 나왔다.

그리고 촬영이 끝난 후, 주혁은 사람들이 원하는 만큼 사인을 해주었다. 원하는 분량이 많아서 생각보다 시간이 오래 걸렸지만, 기분은 날아갈 것 같았다.

돌아오는 길에 주혁은 예전과 지금을 비교하면서 웃음 지었다. 인기는 추적자가 개봉한 후에도 많았다. 연기에 대한 찬사도 쏟아졌고, 인터뷰 요청도 줄을 이었다. 하지만 거기까지였다. 어떤 사람들은 밖에서 주혁을 보면 슬쩍 피하기도 했다.

하지만 이번에는 달랐다. 선망의 눈초리로 자신을 바라보는 사람들. 그 시선을 마주하는 느낌이란 어떤 것과도 바꿀 수 없는 거였다. 덕분에 예능 출연 제의도 계속 들어왔고, CF 제의도 잇따랐다.

회사에 도착하자마자 주혁은 기 대표와 그 문제에 대해서 상의했다.

"못해도 2년은 CF 찍지 못한다고 생각했었는데, 다행이네요."

"나도 이 정도일 줄을 몰랐지. 반응이 아주 좋아."

기재원 대표는 어떤 CF에서 제안이 들어왔는지 서류를 보고는 쪽 알려주었다. 대부분 남성적인 이미지를 어필하는 광고였다. 자동차나 맥주 광고 같은 거였는데, 일단 신중하게 고르기로 했다.

CF를 마다하는 건 아니었지만, 조금 인기가 생겼다고 아무거나 되는 대로 찍을 생각은 없었다. 돈이야 넘치도록 있었으니까. 그래서 이미지나 여러 가지를 고려한 기준을 정해서 그 기준에 맞는 광고만 찍을 예정이었다.

그 점은 기재원 대표와도 상의해서 확실하게 해두었다.

기 대표도 쉽게 승낙했는데, 예전부터 이야기하던 거여서 새로운 일은 아니었다. 게다가 굳이 주혁의 CF 수익에 의존할 필요도 없었다. 파이브 스타나 소민이가 벌어들이는 광고 수익만 하더라도 엄청났으니까. 그래도 조금 아쉬운 감이 있는지, 은근히 권유했다.

"그렇게 따지면 찍을 게 거의 없는데? 다시 한 번 생각해 보는 게 어떨까?"

"아시잖아요. 저 돈에 연연해하지 않는 거. 가능하면 좋은 의미가 있는 광고에만 나가고 싶네요. 이해해 주세요."

"나야 뭐 상관있나. 자네 생각이 그렇다면야 뭐."

기재원 대표는 살짝 아쉬워하긴 했지만, 크게 미련을 두지는 않았다.

"그건 그렇고, 예능은 어떻게 할 건가? 서로 나와달라고 난리인데."

"글쎄요. 예능은 한 번 정도 나가고 싶기는 한데……."

일정이 바쁘다 보니 많은 시간을 낼 수는 없고, 단발로 나가는 프로그램은 생각해 볼 만했다. 그리고 아무래도 예능에도 얼굴을 비쳐야 사람들에게 더 친근하게 다가갈 수도 있는 일이고.

"무한도전이나 무릎팍도사는 나가고 싶긴 한데……."

"그러지 않아도 무릎팍도사 측에서 연락이 오긴 왔어."

"그래요? 언제 가능하다고 하는데요?"

주혁은 좋은 기회라고 생각해서 몸을 앞으로 숙이면서 물었다.

하지만 역시나 문제는 일정이었다. 지금은 홍보 활동을 하느라 시간이 없었고, 조금 있으면 전우치 촬영에 들어가야 한다. 그래서 일정을 맞추기가 여간 어렵지가 않았다.

게다가 촬영에 들어가기 전에 외국에 갔다 와야 할 일도 생겼다. 아토 엔터테인먼트 소속 그룹과 주혁이 일본과 중국을 방문하게 된 것이다. 양국의 현지 협력사가 행사를 개최하는 거였는데, 주혁도 참석하게 되었다. 두 나라에서 모두 커피 프린스에 출연한 주혁의 인기가 점점 높아지고 있어서 초대된 거였다.

"아무래도 올해는 시간이 나질 않을 것 같은데? 자네는 이상하게 예능하고는 인연이 없는 것 같아. 저번에도 그러더니 말이야."

"그러게요. 제가 예능을 일부러 나가기 싫어하는 것도 아닌데 말이죠."

아쉽지만 어쩌겠는가. 잠시 뒤로 미룰 수 있는 일도 아니었다. 일본과 중국의 행사는 앞으로 아토 엔터테인먼트가 외국으로 진출하는 데 중요한 행사였으니 빠질 수가 없었고, 전우치도 이미 일정이 나와 있어서 조정하기가 어려웠다.

"혹시라도 시간을 낼 수 있으면 하도록 하죠. 많이 아쉽네요."

"그러지. 지금은 일정상 안 되지만, 혹시라도 비는 시간이 생기면 한번 추진하는 걸로."

아쉽지만 그렇게 마무리하고 기 대표와 주혁은 일본과 중국 일정을 다시 점검했다.

기 대표는 이번 행사에 큰 기대를 걸고 있었다. 현재 파이브 스타는 일본에서 상당한 인기몰이 중이었다. 그리고 올해 데뷔한 엑스타와 틴스도 서서히 이름을 알리고 있었다.

국내에서는 MR 제거 영상 이후로 꾸준히 인기를 얻고 있

었고, 일본에서는 여성 7인조인 틴스가, 중국에서는 남성 6인
조인 엑스타가 인기가 있었다.

기 대표는 올해를 기점으로 본격적인 글로벌 마케팅을 시
작하겠다는 야심 찬 계획을 세우고 있었다.

그렇게 이야기를 나누는 도중에 노크 소리가 나더니 누군
가가 조심스럽게 들어왔다. 이번에 새로 아토 엔터테인먼트
에 합류한 김은경이었다. 주혁이 본 첫인상은 아주 총명하고
또렷한 이목구비를 가지고 있는 아이라는 거였다.

"안녕하세요? 저 들어가도 돼요?"

"어, 그럼. 들어와."

아이는 기재원 대표에게 허락을 받더니 쪼르륵 들어와 주
혁의 앞에 턱 앉았다. 그리고 이야기를 했는데, 주혁이 있다
는 소리를 듣고는 이야기를 하고 싶어서 왔다는 거였다.

은경은 눈을 반짝거리면서 주혁을 쳐다보더니, 연기에 대
해서 질문했다.

처음에는 친절하게 대답을 해주었는데, 질문은 한두 개가
아니었다. 그래서 일단 다음에 이야기를 더 나누자고 했다.
아무래도 오늘 계속하면 자리가 너무 길어질 것 같아서였다.

은경이는 주혁에게 수줍게 사인을 해달라고 하고는, 받은
사인을 꼭 안고 밖으로 나갔다.

"연기에 욕심이 많은 아이네요. 당돌한 면도 있고. 그러면

서도 무척 수줍어하는데요?"

"가능성이 많은 아이야. 여러 색깔을 가지고 있어서."

주혁도 직접 보는 건 처음이었지만, 무척 관심이 가는 아이였다.

"언제 시간을 내야겠네요. 혹시 일정 좀 알 수 있어요?"

"일정이라……."

기 대표는 일정을 가져왔고, 주혁은 자신의 일정과 비교해서 보았다. 그런데 시간이 만만치 않았다. 주혁의 일정이 워낙 빠듯해서였다.

"그나마 내일이 시간이 좀 비는 편이긴 한데……."

내일은 저녁에만 일정이 있었다. 그런데 내일은 은경이가 강원도 정선에서 일정이 있었다. 다른 날은 별다른 일이 없었는데, 마침 시간이 맞지가 않았던 거였다. 주혁은 아쉽다는 듯 입맛을 다셨다.

그러다가 굳이 일정이 어긋난다고 생각할 필요가 없지 않을까 하는 생각을 했다. 조금 생각을 바꾸니 오히려 좋을 수도 있었다.

"내일 회사 차로 가나요?"

"그럼, 회사 일로 가는데 지원해 줘야지."

"이거, 일정이 오후까지인 거 맞죠?"

주혁은 일정표를 손가락으로 가리키면서 말했다. 기 대표는 고개를 끄덕였다.

"그럼, 해가 있을 때 작업을 마쳐야 하니까 석양이 되기 전에 끝날 거야."

"그럼 저도 같이 가죠."

주혁은 강원도에 같이 다녀오겠다고 했다. 이야기도 나눌 겸, 쉬기도 할 겸해서. 운전이야 매니저가 하고 가니까 걱정 없었고, 일정으로만 보면 돌아오는 것도 시간이 넉넉했다.

"뭐 괜찮겠네, 은경이도 좋아할 것 같고."

그렇게 주혁은 은경이와 같이 강원도로 가게 되었다.

은경이는 굉장히 기뻐하면서 쉴 새 없이 주혁과 이야기를 나누었다. 주혁도 정말 오랜만에 지방에 가는 거라서 마음이 들떴다. 그동안 일을 제외하고 놀러 간 적이 언제인지 기억도 나지 않았다.

생각해 보면 참 이상한 일이었다. 영화를 찍을 때, 수도권에서 대부분 촬영하는 경우는 그리 많지 않다. 드라마의 경우는 그럴 수도 있지만, 영화는 전국을 돌아다니면서 촬영하는 경우도 많다.

타짜만 하더라도 얼마나 많은 곳을 다녔던가. 군산, 전주, 천안 등등. 정말 전국을 유람하면서 찍었다고 해도 과언이 아니었다.

하지만 이상하게도 커피 프린스를 찍은 후부터는 계속 서울 근처에서 돌아다녔다.

그나마 커피 프린스는 잠깐 계곡으로 놀러 가기라도 했다. 추적자는 대부분이 수도권, 그것도 서울에서 촬영되었다. 네오하트도 대부분 경기도에 지어진 세트에서 진행되었고, 밖에서 찍는 것도 거의 서울에서 촬영했다.

영화는 영화다의 경우도 다르지 않았다. 주로 인천에서 촬영되었고, 아니면 서울이나 그 근처였다. 과속 스캔들도 마찬가지였다.

"우와, 정말 신기하네요."

연기 이야기를 하다가 영화 촬영으로 화제가 돌아갔는데, 말을 하다 보니 주혁도 그 사실을 알 수 있었다.

"어쩐지 기분이 좋더라니. 이거 그동안 너무 일만 하고 살았나 본데?"

주혁은 조금은 허망하다는 듯 웃었다. 이런 작은 즐거움과 여유도 없이 살았었나 하는 생각이 들었다.

하지만 후회하지는 않았다. 그만큼 노력한 대가로 지금의 인기를 얻을 수 있었으니까. 남들과 똑같이 하면서 더 많은 걸 바랄 수야 있겠는가.

그렇게 대화를 하는 사이에 목적지에 도착했다. 강원도 정선이었다.

"나는 구경이나 하면서 쉬고 있을게."

"예, 이따가 가면서 또 이야기해요."

은경이는 연기 이야기가 정말 좋았다면서 이따가도 꼭 이야기해 달라고 부탁했다. 주혁도 웃으면서 그러마 했다. 덕분에 이렇게 공기 좋고 풍경 좋은 곳에 올 수 있었다고 하면서.

CF 촬영은 같은 장면을 반복해서 촬영해야 한다. 그래서 조금 지루한 느낌도 있었는데, 은경이는 집중력이 아주 뛰어났다. 어린아이였지만, 정말 기대할 만한 인재였다.

주혁은 아토 엔터테인먼트가 지금도 탄탄하지만, 앞으로가 더 빛나리라 생각했다. 꾸준히 인재를 받아들이고 잘 크고 있었으니까.

CF 촬영하는 곳으로 조금 다가가니 은경이가 대사를 하는 게 들렸다.

"근데 아저씨는 누구세요?"

*   *   *

"안녕하세요."

"이야, 주혁아, 오랜만이다."

김준석이 팔을 쫙 펴고 주혁을 맞이했다. 추적자로 호흡을 맞춘 명콤비가 오랜만에 다시 만나는 순간이었다. 주혁은 박윤식에게도 인사를 했다. 타짜를 할 때 참 연기가 인상 깊었었는데, 이렇게 같이 영화를 하게 되니 기쁨이 몇 배나 더했다.

그 밖에도 주요 배역을 맡은 배우들과 인사를 나누었다. 주변을 둘러보았는데, 아직 여주인공 역의 정예진은 도착하지 않은 듯했다.

"너도 궁금한가 보구나."

김준석이 옆자리에서 어깨를 툭 치더니 물었다. 물어보는 표정에는 웃음이 잔뜩 묻어나 있었다.

주혁도 같이 웃으면서 대답했다.

"당연하죠. 같이 반년 넘게 일할 사람인데요."

"하여간 능구렁이라니까. 애늙은이가 따로 없어요."

김준석은 전혀 당황하지도 않는 주혁이 못마땅하다는 듯 혀를 차면서 대답했다. 여배우인 염정은을 제외하고는 타짜에서 호흡을 맞춰본 사이라서 그런지 분위기는 화기애애했다. 그리고 염정은도 박윤식, 김준석과는 영화 범죄의 재구성을 같이 한 사이였으니 어색한 게 없었다.

"아, 우리나라도 이런 영화가 좀 나와야 해. 그래야 발전이 있지. 안 그런가?"

"어머, 선생님 말씀이 맞아요. 그런데 이번 작품은 워낙 독특해서 사람들이 잘 받아들일지가 좀 걱정되더라고요."

"그러게 말입니다. 다른 것보다 CG가 어떻게 나올는지가 문제겠죠. 거기다가 와이어 액션하고 합성을 하는 것도 그렇고. 주혁야, 니 생각은 어때?"

워낙 연륜 있는 배우들의 이야기라서 주혁은 조용히 듣고만 있었는데, 김준석이 갑자기 주혁에게 물어왔다. 주혁도 영화나 드라마의 발전 방향에 대해서도 관심이 많았었기 때문에 할 이야기가 많이 있었다.

안목이라는 건 계속 업데이트를 시켜줘야 유지된다. 트렌드는 계속해서 바뀌는 거라서 지금 통하는 작품이 1년 뒤에도 통한다고 자신할 수 없는 경우가 많다. 그래서 꾸준히 살펴보고 공부해야 하는 것이다.

"아무래도 새롭게 시도하는 거라서 시행착오가 좀 있지 않을까요?"

경험이 부족하다 보니 분명히 문제가 생길 것이다. 하지만 분명히 의미 있는 작업이기는 할 것이다. 그리고 관객들이 이해를 해줄 수도 있다. 우리나라에서 이 정도 했으면 잘한 거라는 식으로.

예전에 괴물도 그런 면이 분명히 있었다. 특히나 괴물이 불에 타는 장면은 너무 티가 나서 욕을 좀 먹기도 했다. 하지만 우리나라에서도 이 정도를 만들 수 있다는 것을 높이 쳐서 전체적인 평은 좋았다.

"그렇지만 고생은 좀 하겠네요. 와이어도 이게 보통 힘든

게 아닌데 말이죠."

"너야 파릇파릇하니까 괜찮겠지. 나는 나이 먹고 맨날 뭐 하는 짓이냐."

김준석의 푸념에 웃음이 터졌다. 정말 추적자 때도 하도 뛰어서 헛구역질까지 한 사람 아니던가. 거기다가 이번에 와이어 액션도 주혁 다음으로 많을 듯했다. 하지만 주혁은 김준석이라면 잘하리라 생각했다. 열정이 엄청난 배우였으니까.

그렇게 이야기를 하는데 문이 열리고 기다리고 있던 정예진이 들어왔다. 사람들의 시선이 일제히 그녀에게 쏠렸는데, 환하게 웃으면서 인사를 했다. 주혁도 직접 보는 건 처음이었는데, 정말 매력적인 여자였다.

"안녕하세요? 늦어서 죄송해요. 일정이 늦게 끝나는 바람에……."

적당히 애교를 부리면서 이야기를 하는데, 남자의 간장을 살살 녹이는 느낌이었다. 어떤 남자가 저 모습을 보고 화를 낼 수 있을까. 그녀의 눈웃음에 모든 남자들의 표정이 환해졌다.

"어디 보자, 약속에 아직 늦은 것도 아니구만."

"그러네요. 어여 와서 앉아."

배우들이 괜찮다고 말하자 정예진은 주혁과 박윤식 사이에 앉았다. 오늘은 서로 인사를 나누고 영화 전반에 대해서 설명을 듣는 자리였는데, 워낙 규모가 큰 영화여서 이런 사전 미팅과 대본 리딩을 여러 차례 할 예정이었다.

"안녕하세요? 영화 정말 인상 깊게 봤어요."

정예진이 먼저 주혁에게 알은척을 해왔다. 주혁은 정말 톱스타는 다르긴 다르구나 싶었다. 그냥 보고만 있어도 주변이 환해지는 느낌이었다. 전에도 예쁜 여배우들을 보기는 했지만, 이 정도의 느낌은 아니었다.

외모도 외모지만 풍기는 기운이 달랐다. 정말 사람을 휘어잡는 그런 매력이 철철 넘쳤다. 어떻게 보면 청순하기도 한데, 또 어떨 때는 요염한 모습도 보였다. 정말 끼가 넘치는 그런 배우였다.

"감사합니다. 저도 작품 잘 봤습니다. 연애시대나 여름 향기도 좋았구요. 클래식도. 아, 그리고 내 머릿속의 지우개도 정말 감동적이었어요."

주혁이 작품을 들어가며 이야기를 하자 정예진은 얼굴이 환하게 피었다. 정말 피었다는 표현이 이럴 때 쓰는 거구나 느낄 수 있을 정도로 얼굴이 밝아졌다. 그리고 정말 기뻐하고 있다는 느낌이 가슴에 와 닿았다.

"저도 추적자 정말 깜짝 놀랐어요. 영화를 보는 내내 눈을 뗄 수가 없더라고요. 영화를 보고 나와서 아는 사람들하고 이야기를 하는데, 다들 저 사람 정말 사람한테 뭔 짓을 해본 사람 같다고들 했어요."

보통 사람에게는 욕이나 다름없는 말이었지만, 배우에게는 최고의 찬사나 다름없는 말이었다.

주혁은 좋게 봐줘서 고맙다고 이야기를 했다.

"그리고 영화는 영화다. 정말 최고예요."

정예진은 눈웃음을 치면서 엄지를 치켜세웠다. 그녀의 표정을 보면 정말 그 영화를 좋아한다는 게 보였다. 그 모습을 보니 주혁은 저절로 기분이 좋아졌다. 팬이 이런 이야기를 해도 기분이 좋을 텐데, 이런 미녀가 그런 말을 하니 정말 황홀하다는 느낌마저 들었다.

그렇게 좋은 분위기에서 이어지던 둘의 이야기는 지동훈 감독과 영화 관계자가 들어와서 곧 끊어졌다. 감독은 인사를 하고는 먼저 서로 소개하는 시간을 가졌다. 이미 다 이야기를 나눈 상태였지만, 다시 짧게 자기소개를 했다.

그리고 영화 전반에 대해서 설명을 해주었다. 그리고 캐릭터에 대해서도. 이번에는 촬영에 들어가기 전에 준비하는 부분에 대해서 신경을 많이 쓰는 듯했다. 그리고 궁금한 부분에 대해서도 질문을 받기도 했다.

주혁과 김준석은 CG와 와이어 액션에 대한 질문을 주로 했다. 캐릭터나 다른 부분도 물어보기는 했지만, 그건 이야기를 나누다 보니 어느 정도 알 수 있었다. 하지만 CG에 대한 부분은 감이 오지 않았다.

지동훈 감독은 샘플을 조금 보여주었는데, 역시나 감이 오지 않기는 마찬가지였다. 주혁은 괴물을 찍을 때를 생각하면서 상상을 해보았다.

괴물이 한강에 나타나는 첫 장면을 생각하니 정말 어떻게 그 많은 사람들이 그 장면을 무사히 찍을 수 있었을까 하는 생각이 들었다. 실제로는 괴물이 없었으니까. 그저 오토바이가 괴물을 대신해서 움직이는 걸 보면서 리허설을 했고, 본 촬영 때는 그것도 없이 연기를 했으니까.

"감독님, CG로 만들고 있는 괴물을 볼 수 있나요?"

"지금은 좀 그런데. 아직 작업 중이라서."

과연 어떤 모습을 가진 녀석들을 만들고 있을지 궁금했다. 하지만 지금은 볼 수가 없으니 캐릭터 잡고 촬영에 들어가기 전에 해야 할 작업에 집중해야 할 성싶었다.

그 후로도 사람들이 궁금한 점에 대해서 여러 가지 질문을 했다. 워낙 기대가 되는 작품이어서 그런지 사람들이 궁금해하는 점도 많았다.

"이제 더 질문이 없으면 오늘 자리는 이 정도로 끝내겠습니다."

감독의 말에도 사람들이 조용했다. 감독은 수고했다는 말을 하고는 다음 일정에 대해서 언급했다. 미팅이 끝나고 다들 나가는 분위기였는데, 정예진이 말을 걸어왔다.

"오늘 같은 날 같이 한잔해야 하는 거 아닌가요?"

"저도 그랬으면 좋겠는데, 오늘은 일정이 있어서요. 영화는 영화다 때문에… 아쉽네요."

"아, 맞다. 요즘 한창 바쁘시겠구나."

주혁은 정예진과 다음을 기약하면서 자리에서 나왔다.

*　　*　　*

오랜만에 윌리엄 바사드로부터 연락이 왔다.

그는 주혁에게 아주 재미있는 이야기를 물어다 주었다. 미처 생각지도 못한 이야기였다.

─혹시 지금 3D 영화가 만들어지고 있다는 거 아십니까?

"3D 영화? 들어보지 못한 것 같은데?"

윌리엄은 수면 위로 드러난 인물은 아니었지만, 전 세계에서 가장 영향력이 큰 사람 중 한 명이었다. 그는 한국에 있는 회사를 통해서 주혁이 어떻게 활동하고 있는지를 모두 보고받고 있었다.

윌리엄 바사드에게 세상에서 가장 중요한 인물은 주혁이었다. 엄청난 위세를 자랑하던 로저 페이튼 회장도 손짓 한 번에 무너뜨린 사람. 그 덕에 엄청난 부를 얻을 수 있었다. 그러니 오죽 주혁이라는 인물에 신경이 쓰이겠는가.

월리엄 바사드는 주혁이 자신도 잘 알지 못하는 어떤 거물로 살아가고 있다고 생각하고 있었다. 의심이 가는 단체가 몇 있었지만, 알아보려고 하지는 않았다. 괜히 건드렸다가 위험을 자초할 필요는 없었으니까.

그러면서 한국에서 주혁이라는 배우로 살아가는 건 일종의 취미 생활을 하는 거라고 여겼다. 그건 모두 월리엄이 주혁은 몸을 여러 개로 나눌 수 있다고 믿기 때문이었다. 그리고 배우 활동이 주혁의 아주 좋아하는 취미라고 생각했다.

보통 윗사람에게 잘 보이는 방법은 그가 좋아하는 걸 선물하는 것이다. 그래서 영화에 관련된 정보에 관심을 가져왔다. 그가 알아보려고만 하면 정보는 얼마든지 알 수 있었다. 이 세상에 돈이라는 무기를 가지고 할 수 없는 일은 거의 없었다.

그래서 그것을 전담하는 사람도 아예 따로 두었다. 물론 조직 내에서는 그쪽 분야로 투자를 하기 위한 사전 작업으로 생각하고 있었지만. 그런데 전담하는 직원이 얼마 전 좋은 정보를 가지고 왔다.

그리고 자신이 보니 주혁도 관심이 있을 법했다. 그래서 지금 이야기를 하는 거였다. 그리고 역시나 주혁은 지대한 관심을 보였다.

"어떤 영화지?"

―아바타라는 영화입니다. 지금 촬영이 한창인데, 보시면 무척 놀라실 겁니다.

그러면서 어떤 내용이라는 걸 간단하게 설명해 주었다. 주혁은 설명을 듣고는 깜짝 놀랐다. 정말 획기적이고 신선한 내용이었다. 과연 이런 내용도 영화로 만들 수가 있는 것인가 하는 생각이 들 정도였다.

"영상을 혹시 볼 수 있을까?"

―아직 촬영 중이긴 한데, 제가 구한 영상이 있습니다. 바로 보내 드리겠습니다.

주혁은 입이 바싹바싹 말랐다. 가슴을 뛰게 만드는 영화. 몇 줄로 요약된 내용만 보고서 그런 느낌이 드는 영화는 제대로만 만들어지면 무조건 대박이다. 그리고 지금 상황을 보아하니 정말 제대로 만들어지고 있는 듯했다.

주혁은 윌리엄이 보내온 영상을 시간이 조금 흐른 뒤에 볼 수 있었다. 긴장을 해서인지 전화를 끊지 않고 있었다. 주혁은 영상을 플레이시키고는 정신없이 감상하게 되었다. 압도적인 영상에 할 말을 잊었던 것이다.

더구나 놀라운 것은 이것이 완성된 영상도 아니라는 점이었다. 그저 중간에 텍스처도 제대로 입혀지지 않은 영상이었다. 어떤 경로로 윌리엄 바사드가 이 영상을 빼냈는지는 모르겠지만, 정말 욕이 나왔다. 왜 이 시기에 이런 영화가 나온단 말인가. 주혁은 짜증을 억누르면서 이야기를 이어나갔다.

"이거 개봉이 언제로 예정되어 있지?"

―그게… 일단은 내년으로 예정되어 있습니다.

윌리엄 바사드는 모호한 답변을 했다. 자신도 문제가 있다는 걸 느꼈는지, 곧바로 보충 설명을 했다.

―워낙 계속 연기가 되는지라 정확한 시기를 가늠하기가 어렵습니다. 내후년이나 되어야 가능할 거라는 얘기도 있습니다.

주혁은 가슴이 두근거렸다. 만약 이 영화가 먼저 나온다면? 그건 재앙이었다. 전 세계에 CG를 넣은 영화들은 전부 쓰레기가 되는 거였다.

주혁은 바로 다음 날 지동훈 감독을 찾아갔다. 자신이 영화를 하면서 최선을 다할 자신은 있었다. 하지만 이렇게 다른 문제로 자신이 출연한 영화가 망가지는 건 보기 싫었다.

그리고 지동훈 감독도 영상을 보더니 그 자리에서 얼어붙었다. 이런 영상을 보고도 충격을 받지 않는다면 문제가 있는 것이다.

"이게 정말 지금 만들어지고 있는 영화입니까?"

"예, 지인이 외국에서 구해준 영상입니다."

한동안 말이 없었다. 당연히 할 말이 있을 수가 없었다. 이 영상을 보고도 멀쩡할 수 있다면 그건 제정신이 아닌 사람일 테니까.

"주혁 씨, 우리 계획 다시 세우죠."

지 감독이 입술을 깨물면서 이야기했다. 충격은 받았지만 물러서지는 않겠다는 표정이었다. 주혁이 원한 바로 그 모습이었다.

"한번 해보죠. 우리라고 못할 것 없잖아요."

주혁은 오히려 즐거워졌다. 언제 돈으로 영화를 찍었던가. 추적자, 영화는 영화다, 과속 스캔들. 모두 평균 제작비보다 못한 돈을 가지고 고생해가면서 찍었다. 그러면서 분명히 알 수 있었다.

영화는 돈으로 찍는 게 아니라는 걸.

*   *   *

가장 충격을 받은 건 CG 작업을 하고 있던 당사자였다. 이 영화의 CG를 담당하고 있는 팀의 팀장은 자존심이 꽤 강한 사람이었다. 그는 난데없이 감독과 제작자가 가지고 온 영상을 보고는 그 자리에 얼어붙었다.

"이게… 이거… 하아~ 이게 뭐죠?"

원래도 말을 잘하는 편은 아니었지만, 말을 더듬을 수밖에 없었다. 일반인이 보았다면 놀랐을 것이다. 엄청난 영상이었으니까. 하지만 전문가가 보았을 때는 이건 그저 한숨만 나오는 거였다.

이걸 보고 어떻게 멀쩡할 수 있겠는가. 감독에게 늘 호언장담을 하던 팀장이었지만, 오늘은 뭐라고 할 말이 없었다. 갑자기 온몸에서 힘이 쭉 빠진 것 같은 느낌, 마치 해파리나 오징어가 된 느낌이었다.

"지금 찍고 있는 외국 영화랍니다. 내년에 개봉 예정이고요."

"하아~"

팀장은 옥상에 올라가서 욕을 한 사발 퍼붓고 왔으면 좋겠다는 생각이 들었다. 전우치의 개봉이 내년 말쯤으로 되어 있으니까, 내년에 개봉한다고 하면 무조건 전우치보다 빨리 개봉한다는 거였다.

물론 할리우드 블록버스터와 국내 영화를 비교하는 것 자체가 말이 되지 않는다. 제작비에서부터 어마어마한 차이가 나니까 말이다. 하지만 어디 관객들이 그런 걸 생각하던가. 스토리는 모르겠지만, 영상은 확연하게 비교가 될 것 같았다.

CG 작업을 하는 사람으로서 자신의 작품이 형편없다는 소리를 듣게 할 수는 없었다. 분명히 지금 하고 있는 작품을 보고는 엉성하다는 말이 나올 게 뻔했다. 하지만 어쩔 수가 없었다. 지금 예산과 인력으로서는 어찌할 방법이 없었다.

"지금 상황으로서는 방법이 없습니다. 이건 노력한다고 어떻게 할 수 있는 수준이 아니네요."

팀장의 이야기가 맞는 말이었다. 실력도 실력이지만 제작비도 무시할 수 없었다. CG 작업은 비용이 많이 드는 작업이었으니까. 모르긴 몰라도 이 영화에서 CG에 투입하는 금액이 전우치의 총 제작비보다도 많을 것이다.

아니, 많은 정도가 아니라 열 배도 넘을 것이다. 전우치는 전체 제작비가 100억 원으로 국내 영화로는 대작이었지만, 상황이 그랬다. 애초에 비교 대상이 아니다.

"만약 제작비를 더 투입하면 어떻게 되겠습니까?"

"글쎄요. 제 생각에는 한두 푼 가지고는 티도 나지 않을 것 같은데요."

팀장은 심각한 표정으로 생각하기 시작했다. 이 영상을 뛰어넘을 수는 없다. 애초에 그런 건 생각지도 않았다. 하지만 이 영상과 비교했을 때 적어도 쪽팔리는 걸 만들지는 말자는 것이 팀장의 생각이었다.

팀장은 그런 생각을 감독에게 전했다. 적어도 이 영상과 비교할 수도 없이 떨어지는 작품을 만들고 싶지는 않다고. 넘지는 못해도 근처까지는 가고 싶다고.

"이렇게 합시다. 일단 팀장님은 그러기 위해서는 어느 정도 비용이 들어갈지 뽑아주세요. 그리고 실제 작업이 가능한 인력이 있는지도 좀 알아보시구요."

제작자가 말을 했다. 이왕 크게 벌이는 판, 제대로 벌여보자는 생각이 들었다. 100억 원이면 국내에서 흥행하면 어떻게든 벌어들일 수 있는 금액이었다. 하지만 여기에 제작비가 더 투입된다면?

"그러면 수출까지 생각해야 하는 거 아닌가요?"

지동훈 감독이 우려스럽다는 표정으로 말했다. 비용이 얼마나 더 들어간다고 할지는 모르겠지만, 결코 적은 금액은 아닐 것이다. 그렇다면 정말 국내에서는 손익분기점 맞추기도 버거울지 모른다. 수출을 생각하지 않는다면 프로젝트 자체가 위태로운 것이다.

"해보죠. 그렇지 않으면 아예 접어야 하는데, 그럴 수야 없잖아요?"

"알겠습니다. 제가 한번 알아보고 연락을 드리죠."

팀장은 머리를 싸매고 예산을 뽑아보았다. 많이 받는다면 좋긴 하겠지만, 너무 많으면 아예 프로젝트가 무산될지도 모르니 잘 생각해야 했다. 그리고 마땅한 사람을 찾는 것도 문제였다.

"형, 요즘 바빠요?"

―일이야 항상 많지. 왜?

"혹시 일 좀 할 수 있나 해서."

—석 달 정도 기다려. 지금은 몸이 나눠지지 않는 이상 더 못 해.

팀장은 여기저기 연락을 해봤지만, 실력이 있는 사람들은 대부분 바빴다. 그래도 어찌어찌 사람들을 모을 수 있을 것 같았다. 평소에는 연락도 잘 하지 않는 성질 괴팍한 사람까지 모두 전화를 한 결과였다.

"뭔데 이렇게 난리를 치는 건데?"

"그러게 말이야. 바쁜데 사람을 오라 가라 하고 말이야."

일부는 작업실에 와서도 툴툴거렸다. 몇몇은 원래 사회성이 별로 없는 사람들이었다. 하지만 대부분은 어떤 영상이기에 이렇게 난리를 치는 건지 궁금해했다.

"이겁니다. 잘 보세요."

팀장은 영상을 재생했다. 그리고 작업실 안은 정적에 휩싸였다. 영상이 모두 끝난 뒤에도 사람들은 아무 말도 하지 않았다. 아니, 할 말이 없었다. 정말 압도적인 걸 본 뒤라서 모두가 질려 있었다.

"그러니까 지금 이거하고 경쟁을 해야 한다는 거야?"

한참 뒤에 한 사람이 입을 열었다.

팀장은 자기 생각을 이야기했다. 이것과 비교할 수는 없겠지만, 적어도 근처까지는 가고 싶다고.

사람들은 팀장의 마음이 이해되었다. 하지만 현실적으로 가능할지는 의문이었다.

그래서 사람들의 반응도 제각각이었다.

"미쳤네, 미쳤어."

"아냐, 자금만 충분하면 어느 정도는 가능할 수 있지."

일단 말문이 터지자 사람들은 서로 자신의 의견을 말하면서 열띤 토론을 벌였다. 그리고 분위기는 점차 한번 해보자는 쪽으로 기울었다. 영상을 보고 나니 도전해 보고 싶은 마음이 생긴 것이다.

"미친놈들, 지금 이거하고 맞짱을 뜨겠다고?"

온 사람 중에서 가장 자존심 세고 성질 더러운 인간이 한마디 했다. 사람들은 전부 눈살을 찌푸렸다. 실력이야 알아주는 자였지만, 워낙 성격이 좋지 않아서 모두가 외면하는 사람이었으니까.

"야, 이거 오랜만에 미친놈들 보니까 기분이 참 쌈빡한데? 나도 끼자. 이런 판에 못 끼면 병신이지."

팀장은 무슨 깽판이라도 치는 줄 알았다가 합류하겠다는 뜻을 밝히자 마음이 놓였다. 성질은 저래도 실력 하나는 끝내주는 사람이었다. 그리고 그가 뜻밖의 말을 했다.

"내가 아는 형이 디즈니에서 일하거든? 이번에 작품 끝내고 휴가라는데 내가 한번 말해볼게. 아마도 그 형이라면 재미

있어할 거야."

사람들은 한번 해보자는 뜻으로 의기투합했다. 그리고 자신이 아는 사람들에게 연락해서 작업에 참여할 수 있는 실력자들을 모으기 시작했다. 뜻밖에도 많은 실력자가 모일 수 있었는데, 모두 영상을 보고는 자극을 받아서였다.

국내뿐 아니라 외국에서 활동하던 사람도 합류한 경우가 있었는데, 덕분에 비용이 생각보다 많이 늘었다. 몸값이 워낙 비싼 인력이 많아서 그랬다. 하지만 그만큼 작품의 퀄리티는 높아질 것이다.

*   *   *

"80억 원이나 더?"

제작자는 투자자들을 만나서 설명하고 양해를 구했다. 불안해하는 사람도 있었지만, 개중에는 오히려 좋아하는 사람도 있었다. 설명을 들어보면 영화의 퀄리티를 확 높이겠다는 거였으니까. 그렇게 되면, 당연히 자신이 투자한 금액을 회수할 가능성이 높아진다. 싫어할 이유가 없었다.

하지만 더 투자를 할 용의가 있느냐는 질문에는 모두가 고개를 내저었다. 영화에 투자하게 되면 투자를 한 순서대로 돈을 받는다. 영화를 상영해서 정산을 받으면, 투자한 순서대로 원금부터 돌려받는 거였다.

당연히 앞부분에 투자한 사람들은 위험이 거의 없다. 적어도 원금은 날릴 걱정이 거의 없으니까. 그런데 나중에 투자한 사람은 원금도 날릴 가능성이 있는 거였다.

사실 영화가 어떻게 될지는 아무도 모른다. 그러니 뒤로 갈수록 투자하기 꺼리는 성향이 있다. 더구나 이렇게 제작비가 많이 들어가는 영화는 더 위험하다.

순 제작비만 180억 원에다가 마케팅 비용이 더해진다. 대략 250억 원 정도가 들어갈 거라고 예상하고 있었다. 그렇다면 손익분기점이 600만 명이 넘는다는 소리였다. 관객 600만 명. 결코 만만한 숫자가 아니었다.

그러니 투자를 꺼리는 거였다. 그리고 그 소식을 주혁도 듣게 되었다. 제작비를 구하지 못해서 곤란한 상황이라는 소식을.

"이러다가 엎어지는 거 아닌가? 가뜩이나 돈줄이 막힌 상황인데."

기 대표는 주혁이 이 영화로 완전히 스타로 자리를 잡을 수 있겠다고 좋아했는데, 돈 문제로 엎어질까 싶어서 조마조마한 심정이었다. 영화판에서 시작도 못 하고 엎어지는 경우를 보는 건 어렵지 않은 일이었다.

게다가 요즘 상황이 얼마나 나쁜가. 사방에서 돈을 옥죄고

내놓으려 하지 않고 있었다. 하지만 주혁은 태평한 얼굴이었다. 아무런 걱정도 없다는 듯이.

"자네는 걱정도 되지 않나? 꼭 다른 사람 일처럼 태연하네?"

"뭐, 제가 걱정해 봐야 해결될 일도 아닌데요. 그리고 잘되겠죠."

기 대표는 참 팔자 좋은 소리 한다면서 혀를 찼다. 하지만 주혁은 정말로 조금의 불안함도 가지고 있지 않았다. 전화 한 통 넣으면 모든 걸 해결할 수 있었으니까. 그러니 이 영화는 무조건 진행될 수밖에 없었다.

"그건 그렇고 외국 가는 거 이번이 처음인데 뭘 준비해야 하는 건지 모르겠네요."

"아, 자네, 처음인가? 그럼 장백이한테 물어봐. 외국 나간 경험이 많으니까."

"그런가요? 하긴 그런 얘기 들은 것도 같네요. 경호하면서 외국에 간 적이 있다고요."

주혁은 장백에게 물어보겠다고 하고는 방에서 나왔다. 그는 주차장으로 걸어가면서 핸드폰을 들었고, 지동훈 감독에게 전화를 걸었다. 제작비를 비롯한 상황이 어떻게 돌아가는지 확인하기 위해서였다.

"감독님, 저 주혁이요."

―어, 주혁 씨, 어쩐 일이야?

주혁은 솔직하게 제작비가 어떻게 되어가고 있는지 물었다. 감독은 다소 난감해하면서 주저했다. 사실 제작비 조달이 생각보다 어려웠기 때문이었다. 제작자는 곧 마련할 수 있다고 장담했지만, 요즘 상황이 워낙 좋지 않아서 과연 가능할지 의문이었다.

―요즘 전반적으로 경제가 좀 안 좋아서… 너무 걱정하지 말라고. 곧 해결될 테니까.

감독은 주혁이 영화가 제대로 진행될지가 걱정되어서 전화한 것으로 안 모양이었다. 사실은 그런 게 아니었지만, 굳이 설명할 필요는 없었다.

"그럼요. 잘되겠죠."

주혁은 쾌활한 목소리로 이야기를 조금 더 나누었다. 사실 경제가 몹시 나쁘기는 했다. 대기업도 신입 사원을 거의 뽑지 않을 예정이었고, 사람들이 지갑을 잘 열려고 하지를 않았다. 그건 국내만의 문제가 아니라 전 세계적인 문제였다.

그래서 전우치가 제작비를 늘린다고 했을 때, 부정적으로 보는 시각도 있었다. 시기가 좋지 않다는 거였다. 그리고 역시나 제작비를 추가로 구하는 일은 쉽지 않았다.

주혁은 잠시 생각하다가 다시 핸드폰을 들었다.

주혁은 거물 모드로 들어갔다. 윌리엄 바사드나 그쪽 사람들을 대할 때는 일부러라도 거물처럼 행동하고 말할 필요가 있었다. 그래서 그들을 대할 때 하는 표정과 몸짓, 말투 등을 아예 정해놓았다. 그리고 그걸 주혁은 거물 모드라고 불렀다.

거물 모드로 변신한 주혁은 핸드폰의 버튼을 눌렀다. 몇 차례 벨 소리가 들리고는 익숙한 목소리가 들렸다.

─무슨 일이십니까, 마스터.

바사드 투자회사의 대표가 공손한 목소리로 전화를 받았다.

그는 얼마 전부터 주혁을 마스터라는 호칭으로 불렀다. 아마도 윌리엄 바사드가 그리하라고 시킨 듯했다.

"영화에 투자를 좀 해야겠는데……."

─영화 말입니까? 얼마가 필요하십니까.

"80억 정도면 된다고 하던데. 내가 누굴 만나야 하는지 일러줄 테니까 얘기해 보고 적당히 진행하도록."

─알겠습니다. 제가 책임지고 진행하겠습니다. 다른 용무는 없으십니까?

"일단은 그 정도면 된 것 같군."

주혁은 통화를 마치고 다시 평소 모습으로 돌아왔다. 연기한다고 생각하고 하기는 했는데, 참 묘한 기분이 들었다. 수십억 원이나 되는 돈을 마음대로 사용할 수 있다는 게 솔직히 기분 좋기도 하면서 실감이 잘 나지 않기도 했다.

이런 상황 전체가 꿈을 꾸고 있는 게 아닌가 하는 생각마저 들었다. 하지만 즐겁기는 했다. 사실 따지고 보면 윌리엄 바사드를 마음대로 움직일 수 있는 주혁은 굉장한 거물이나 마찬가지였다.

하지만 그런 복잡한 세계에 발을 들일 생각은 없었다. 그냥 지금처럼 하고 싶은 것 하면서 즐겁게 살 수 있으면 그것으로 충분했다. 윌리엄 바사드처럼 언제 무슨 일을 당할지 몰라 걱정하면서 살기는 싫었다. 주혁은 크게 기지개를 켜면서 중얼거렸다.

"이제는 영화 제작 문제도 해결되었으니까 속 편하게 다녀올 수 있게 되었구나."

주혁은 외국에 나가는 건 처음이라서 상당히 들떠 있었다. 더구나 외국 팬과의 만남도 일정에 잡혀 있어서 무척 궁금했다. 국내에서야 외국 팬들과 이야기도 나누고 한 적이 있지만, 가서 직접 만난다고 하니 기대가 되었다.

그리고 거기에서는 과연 자신의 인기가 어느 정도일지 궁금하기도 했다. 하지만 일단은 준비물부터 챙겨야 했다. 주혁은 자동차에 타면서 바로 질문부터 던졌다.

"장백아, 외국 나갈 때 어떤 거 챙겨가야 하지? 뭐 주의할 만한 거 있나?"

CHAPTER **34**

외국 일정

"아이고, 회장님. 그간 평안하셨지요?"

백정우는 마치 회장이라는 사람이 앞에 있는 것처럼 몸을 숙이면서 말을 했다.

그의 앞에는 여러 사람의 이름이 적힌 명단이 놓여 있었고, 몇 명의 이름에는 줄이 그어져 있었다.

"무슨 일은요. 다음 주에 한번 또 모실까 싶어서 연락드렸습니다. 바쁘시겠지만, 시간 내주시면 제가 알아서 아~주 즐거운 시간으로 모시겠습니다."

─그래? 누구누구 참석하지?

"박 사장님하고 임 차관님이 오시기로 했고, 회장님 오신 다면 한두 분 정도 더 모실 생각입니다."

—오, 임 차관이 이번에는 시간이 되나 보지? 그러면 얼굴 이라도 볼 겸해서 한번 들러야겠구만.

백정우는 펜을 들어서 이름 하나에 동그라미를 쳤다. 그리 고 펜으로 종이를 톡톡 치면서 통화를 계속했다. 입가가 살짝 올라가서 그가 기분이 좋다는 걸 알 수 있었다.

"그러면 그때 뵙는 걸로 하겠습니다. 다른 분은 확정되면 제가 따로 연락드리겠습니다."

—그렇게 하지. 참, 그런데 말이야.

"예, 말씀하시지요."

—이번에는 좀 다른 애들로 부르지?

"혹시 애들이 무슨 실수라도 저지른 게 있습니까?"

백정우의 인상이 구겨졌다. 혹시나 좋지 않은 일이라도 있 었던가 싶어서였다.

지금 연락하고 있는 사람들은 사업을 하는 데 있어서 더없 이 중요한 사람들이었다. 조금이라도 잘못 보여서는 안 되는 거였다.

그런데 그런 사람의 입에서 이런 이야기가 나오니 긴장을 한 거였다. 하지만 그가 이야기하는 걸 듣고서는 일단은 마음 이 놓였다. 자신이 생각했던 그런 문제가 있어서 그런 건 아니었으니까.

─그런 건 아니고. 뭐 굳이 같은 얼굴을 계속 볼 필요가 있나 싶어서 말이야.

"아, 그러셨군요. 이거 죄송합니다. 제가 미리 알아서 챙겼어야 하는데. 제 불찰입니다. 이번에는 만족하실 애들로 준비하겠습니다."

백정우는 비릿하게 웃으면서 말했다. 그리고 조금 전에 동그라미 친 이름 옆에 펜으로 무언가를 적었다. 백정우 대표의 말이 마음에 들었는지 회장이라는 사람은 너털웃음을 터뜨렸다.

─내가 이래서 백 대표를 좋아해. 참 성실해서 말이야.

"과찬의 말씀이십니다. 회장님께는 저도 모르게 그렇게 하게 되는 것 같습니다. 제가 존경하는 분이라서 그런지 제 마음이 저절로 움직이나 봅니다."

회장은 크게 웃더니 그날 가겠다고 하고는 통화를 끝냈다.

핸드폰을 내려놓은 백정우는 종이를 바라보았다. 동그라미가 쳐진 옆에는 개새끼라고 적혀 있었다. 그는 잠시 자신이 쓴 글자를 쳐다보다가 펜으로 찍찍 지웠다.

상대가 어떤 사람이든 상관없었다. 자신에게 이득이 되는 자라면 이보다 더한 짓도 할 수 있었다. 대신 준 것보다 더 많은 걸 얻어낼 수 있으니까.

백정우는 비슷한 패턴으로 통화를 계속했다. 시간 맞추기가 어려운 사람들이었다. 하지만 아쉬운 건 자신이었다. 애들을 여기저기 출연시키고 집어넣고 하려면 다 줄이 필요하다. 기사나 방송에도 잘 나오려면 그쪽도 신경을 써야 하고.

그렇게 다음 주는 멤버를 네 명으로 맞추었다. 멤버를 맞추기도 무척 까다로운 일이다. 잘 알려져 있지 않지만, 서로 사이가 좋지 않은 경우도 많았다. 그리고 취향이나 연령, 사회적 지위 같은 걸 고려해서 맞춰야 한다.

어설프게 격 떨어지는 멤버를 하나 집어넣거나 하면 분위기 싸해진다. 어떻게 저런 놈이 오는 자리에 나를 불렀느냐는 항의가 들어온다. 그리고 서열에도 신경을 써야 한다. 사람이 많으면 무조건 서열이 생긴다.

어떤 자리에 누구를 앉히고 누구에게 먼저 음식이 나가느냐 하는 것도 무척 까다롭게 따지는 것이 이런 자들이다.

"봉 회장이 서열이 가장 높고. 그다음이 아무래도 임 차관이겠지?"

서열을 모두 정리하자 백정우는 고민했다. 이번에는 조금 다른 애들이 시중을 들어야 할 텐데, 누가 좋을지 잘 떠오르지가 않아서였다. 그래서 측근을 불렀다.

"야, 돌릴 애들 중에서 좀 괜찮은 애들이 누가 있지?"

남자는 마뜩잖은 표정이었지만, 아는 대로 이야기했다. 워낙 우직한 사람이라서 백정우의 말이라면 무조건 따르고 보는 자였으니까.

백정우는 들으면서 고개를 끄덕였다. 생각보다 괜찮은 애들이 많아서였다.

가수나 배우로 가능성이 거의 없는 애 중에서도 괜찮은 애들은 얼마든지 있었다. 그런 애들이야 정상적인 방법으로는 자기 꿈을 이루는 건 불가능했다. 아마도 로또에 당첨될 확률보다도 낮을 것이다.

그러니 가수로 데뷔를 하거나 비중 있는 배역을 맡으려면 다른 방식으로 접근하는 게 나았다. 그리고 백정우는 자신이 그 기회를 주고 있다고 생각하고 있었다.

"나도 좋고, 애들도 좋은 거지 뭐. 싫으면 때려치우고 나가면 되는 거 아냐."

백정우는 펜으로 줄을 찍찍 그으면서 말했다. 앞에 서 있는 남자는 아무런 말이 없었다.

백정우는 가만히 생각하다가 문득 떠오른 이름이 하나가 있었다.

"야, 아현이도 있잖아. 걔가 괜찮겠다. 봉 회장은 그런 스타일 좋아하거든."

남자는 묵묵히 백정우가 하는 이야기를 듣고 있었다.

백정우는 그날 준비할 것들에 대해서 알려주었고, 남자는 이야기를 모두 듣고는 밖으로 나갔다.

백정우는 오늘따라 녀석의 말수가 없다고 생각했다.

"일단 국내 일은 대충 정리가 되었고."

그는 비서에게 말해서 사람들을 불러 모았다.

이제는 슬슬 다시 불고 있는 한류 문제를 신경 써야 할 시간이었다. 수익을 내려면 역시나 외국에서 돈을 벌어야 했다. 백정우가 보는 건 중국과 동남아였다.

예전에는 무조건 일본 시장이었다. 일본은 시장 규모로 세계 2위였다. 미국 다음으로 큰 시장이다. 그러니 일본에서 인기를 얻으면 다른 나라에서는 죽을 쒀도 상관없었다. 벌어들이는 금액이 훨씬 많았으니까.

물론 지금도 일본 시장이 크다. 하지만 이제는 중국이나 동남아도 예전 같지 않았다. 그 나라들도 경제성장을 하면서 시장 규모가 엄청나게 커졌다. 그리고 앞으로는 점점 더 커질 것이다. 그러니 선점해야 한다는 생각이었다.

선점 효과. 정말 무서운 거였다. 지금이 딱 적기였다. 아직 새롭게 불고 있는 한류가 제대로 정착하기 직전. 이 시기에 공격적인 마케팅을 해서 바람을 타기만 하면 만사 오케이였다. 그러면 국내에서 한 실수를 만회하고도 남을 만한 실적을 올릴 수 있었다.

"준비는?"

"다른 건 다 괜찮은데, 중국에서 문제가 좀 있습니다."

"뭐가 문젠데?"

"아토하고 일정이 겹칩니다. 그리고 아토 쪽이 더 좋은 장소를 잡고 있어서……."

백정우는 한심하다는 표정으로 담당자를 노려보았다. 그런 문제를 해결하라고 그를 그 자리에 앉혀놓은 것은 것이지, 이런 식으로 문제점을 보고하라고 한 것이 아니었기 때문이었다. 그런 사실을 본인도 알고 있는지 고개를 푹 숙이고 있었다.

"야, 중국은 말야. 무조건 **꽌시**야. 누가 **꽌시**가 더 강하냐, 그걸로 결정되는 거야."

백정우는 지금이야말로 조창욱 실장으로부터 소개받은 **꽌시**를 활용할 때가 왔다고 생각했다. MH 그룹과 밀접한 관계를 맺고 있는 그 중국인이라면 충분히 지금 문제를 해결할 수 있으리라 생각되었다.

"우리 애들 행사가 한 일주일 남았나?"

"8일 남았습니다."

"4일 뒤에 비행기 표 예약해 둬."

백정우는 다녀와서 모임 준비를 마무리하면 되겠다고 생각했다.

"다들 정신 바짝 차려. 지금이 타이밍이야. 제대로 치고 들어가야 한다고. 지금부터 새롭게 한류가 시작될 거야. 그것도 중국하고 동남아시아를 중심으로."

백정우는 이 시기의 중요성에 대해서 한참을 역설했다. 그러고는 일어나서 크게 웃으면서 두 팔을 벌렸다.

"새로운 한류의 중심 엔터하이. 좋잖아?"

*　　　*　　　*

파이브 스타는 일본에서 제법 알려진 그룹이었다. 나이는 어린데도 굉장히 프로페셔널하다는 평가를 받고 있었다. 주혁은 아이들이 어떻게 연습을 했다는 걸 알고 있어서 그다지 놀랍지 않았지만, 일본 사람들은 그런 모습이 신기했던 모양이었다.

"일본은 한 분야에서 뛰어난 사람이면 나이나 국적과 관계없이 인정해 주는 분위기가 좀 있거든. 애들이 그 덕을 좀 보는 것 같더라고."

"하긴 애들이 잘하기는 하죠."

쉽게 말하면 파이브 스타는 일본에 있는 아이돌 그룹을 발라 버리고 있었다. 프로와 아마추어 같은 차이가 나버리니까. 그리고 일본 방송에도 얼굴을 비췄고, 콘서트에 참여도 많이 했다. 그래서 곧 단독 투어를 생각하고 있었다.

"그리고 틴스하고 엑스타도 투어에 참가시킬 생각이고."

기재원 대표는 생각보다 인기가 좋아서 기대를 많이 하고 있었다. 그래서 슬슬 인기가 올라오고 있는 두 그룹도 같이 선보여서 일본에서 인기몰이를 시작할 생각이었다. 워낙 실력이 좋아서 올해 안으로 확실히 자리매김할 수 있으리라 보았다.

"얼마 전까지만 해도 단독 투어는 아직 무리라고 하지 않았던가요?"

"그랬었는데, 생각보다 팬들의 반응이 뜨겁더라고."

주혁도 애들이 고생한 게 이제 외국에서까지 빛을 보는가 싶어서 가슴이 뿌듯했다. 기 대표는 앞으로 있을 일정에 관해서도 이야기해주었다.

"이번 팬 미팅은 사실상 투어 전초전이라고 보면 되는 거야."

"열기를 좀 보겠다는 거군요."

아토 엔터테인먼트에서는 단독 콘서트 투어를 생각하고 있었지만, 현지 협력사는 다소 부정적인 태도를 보였다. 아직 시기상조라는 거였다. 그래서 기재원 대표는 사전 작업으로 팬 미팅을 계획하게 된 거였다.

공식적으로는 파이브 스타의 팬 미팅이었고, 같은 소속사의 멤버들이 지원을 하는 형식이었다. 틴스와 엑스타는 오프

닝에 선을 보이고, 파이브 스타의 메인 행사가 진행될 예정이었다.

"자네는 중간에 깜짝 출연하는 거야."

"그런데 제가 나가는 게 도움이 될까요?"

주혁은 아직 인기를 실감하지 못하고 있었다. 공항에서도 알아보는 사람도 없었고, 지금까지 돌아다녀 봤지만, 아는 사람이 거의 없는 듯했다. 가끔 주혁을 보고는 멀리서 수군거리는 사람이 있기는 했는데, 무엇 때문인지는 알 수 없었다.

"커피 프린스가 젊은이 사이에서 폭발적인 인기거든. 파이브 스타도 10대 후반에서 20대 초중반이 타깃 계층이고. 그러니까 분명히 반응이 있을 거야."

주혁은 마음대로 돌아다녀도 알아보는 사람이 없어서 편하기는 했지만, 기대했던 것과는 조금 달라서 살짝 실망스럽기도 했다. 엄청난 환영인파까지는 아니더라도 제법 환대를 받지 않을까 기대를 했었는데, 아무도 마중 나오지 않았다.

사실 주혁이 오해하고 있는 부분이 있었는데, 팬클럽이 주혁을 마중하러 나왔었다. 그런데 주혁의 일정이 바뀌어서 기대표와 같이 오는 바람에 길이 어긋난 거였다. 일본의 팬들은 파이브 스타와 같이 나오는 줄 알고 기다리고 있다가 실망하고는 돌아갔다.

현지 협력사의 잘못이 컸는데, 아직은 그런 사정을 주혁이

나 기 대표는 모르고 있었다. 주혁은 인사를 하러 나왔는데 아무도 모르면 어쩌나 하는 생각을 했다. 얼마나 뻘쭘할 것인가. 나와서 인사를 했는데, 갑자기 조용해지는 관객석.

"생각만 해도 으스스하네요."

"그럴 리가 없다니까 그러네, 그리고 일본 팬 미팅에서는 독특한 게 있는데, 끝나고 악수를 할 거야."

"악수요?"

"그래, 악수. 이렇게 하는 악수."

기 대표는 주혁의 손을 잡고 악수를 했다. 주혁은 사전 지식이 하나도 없었던 터라 무슨 말인가 싶었다. 이야기를 들어보니 악수회라는 게 있다고 했다. 팬들과 일일이 악수를 하면서 인사를 하는 거란다.

"자네도 할 거야. 혹시 알아? 손이 부을 정도로 악수하게 될지."

"에이, 공항에 마중도 안 나오는 사람한테 그럴 리가요."

주혁은 피식 웃었지만, 솔직하게 기대가 되기는 했다. 그렇게 걱정 반 기대 반으로 일본 일정이 시작되었다.

그리고 팬 미팅이 시작되자 점점 걱정되기 시작했다. 오프닝을 한 틴스나 엑스타도 열광적인 박수를 받았다. 그리고 파이브 스타의 경우는 당연히 엄청난 환성을 받았고. 그러니 조금 있다가 자신이 소개되고 나갔을 때, 갑자기 조용해질지도 모른다는 불안한 생각이 자꾸 드는 거였다.

"설마 그러지는 않겠지."

주혁이 무대 뒤에서 그런 고민을 하는 사이에 스태프가 와서 이야기를 해주었다.

"곧 나가실 차렙니다."

그리고 사회자의 소개가 이어졌다.

"여러분이 깜짝 놀라 손님이 오셨습니다. 파이브 스타 여러분들과도 무척 친분이 있는 분이라는데요. 과연 어떤 분이 파이브 스타를 응원하러 오셨는지 이 자리로 모셔보겠습니다. 나와주세요."

강주혁은 천천히 걸어나갔다. 이런 무대라는 게 촬영 현장과는 또 달랐다. 조명이 강해서 앞이 잘 보이지 않았다. 하지만 주혁은 발걸음을 얼마 떼지 않았는데 들려오는 비명 소리에 깜짝 놀랐다.

"꺄악~~~"

"선기 상, 선기 사앙~~"

사방에서 여자들의 자지러지는 소리가 들렸다. 주혁은 다소 어색하게 손을 흔들면서 앞으로 걸어 나왔다.

사회자가 관객들에게 진정해 달라고 이야기했지만, 비명 소리가 너무 커서 소리가 잘 들리지 않았다.

주혁은 정신이 하나도 없었다. 기대가 거의 없었기 때문에 이렇게 큰 환대를 받을 것이라고는 생각지도 않았다. 자신의 이름이 아닌 커피 프린스에서의 고선기로 자신을 부르는 것도 인지하지 못했다.

그저 이 많은 사람들이 자신에게 열광하고 있다는 사실만이 주혁의 눈과 귀를 가득 메우고 있었다. 무대 위에서 무슨 이야기를 했는지, 어떻게 시간이 지났는지 하나도 기억이 나지 않았다. 그저 무대에서 내려와서 사람들이 수고했다고 한 것만 기억이 났다.

"수고했어. 말 참 잘하네, 일본어는 언제 그렇게 배운 거야?"

기재원 대표가 주혁의 일본어 실력에 감탄하면서 어깨에 손을 얹었다.

파이브 스타 애들도 일본어를 약간 할 줄은 알지만, 주혁처럼 유창하지는 않다. 주혁은 원어민이라고 해도 믿을 수 있을 정도였다.

덕분에 팬 미팅 분위기는 더욱 달아올랐다. 아무래도 자신이 좋아하는 스타가 자국어로 이야기하면 호감이 더 가지 않겠는가. 하지만 주혁은 자신이 일본어로 말한 것도 잘 기억이 나지 않았다.

"정신이 하나도 없네요. 그냥 얼떨떨한데요?"

주혁은 머리를 흔들면서 숨을 내쉬었다. 기 대표는 등을 팡 팡 때리면서 이야기했다.

"내가 인기 있을 거라고 했잖아. 커피 프린스가 젊은이들 사이에서 장난 아니라니까."

그러면서 기재원 대표는 현지 협력사 사람을 불러서 이야 기를 들려주었다. 그 사람의 이야기로는 주혁이 커피 프린스 에 나온 남자 배우 중에서 가장 인기가 있다는 거였다. 겉으 로는 냉정한 척하지만, 알게 모르게 도와주는 모습을 여자들 이 좋아한다고 했다.

그리고 한 여자를 잊지 못하는 순정파라는 점도 인기 요인 이라고 했다. 사실 나라마다 좋아하는 스타일이 조금씩 달랐 다. 그런데 고선기라는 캐릭터가 일본에서는 특히 더 인기가 있는 모양이었다.

그래서인지 세 시간 정도의 팬 미팅이 끝나고 악수를 하는 데 조금은 뜻밖의 광경이 벌어졌다. 어디까지나 파이브 스타 의 팬 미팅이었기 때문에 파이브 스타와 악수하려는 사람이 대부분이었다. 틴스나 엑스타와 악수를 하려는 사람은 별로 많지 않았다.

그런데 주혁의 앞에는 파이브 스타에 버금가는 긴 줄이 늘 어서 있었다. 전부 다 여자들이었는데, 연령층도 10대에서부 터 40대 이상까지 아주 다양했다.

그래서 주혁은 태어나서 가장 많은 악수를 해야 했다. 하지만 외국에서도 자신을 좋아해 주는 사람들이 이렇게 많다는 사실이 즐거웠다. 주혁은 악수를 하면서 일일이 사람들과 이야기를 나누었다.

사람들이 자신을 이렇게 환대하는 것에 감격해서 자신도 모르게 사람들에게 친절하게 한 거였다. 이름도 물어보고 가벼운 인사도 나누었다. 그것도 미소를 지으면서 일본어로 이야기하니 팬들은 더욱 감격스러워했다.

일정이 끝나고 숙소로 이동하면서 현지 협력사 대표가 주혁의 그런 점을 굉장히 높게 평가했다. 자신이 아는 한 외국 배우가 이렇게까지 팬들과 친밀하게 한 적은 보지 못했다는 거였다. 물론 말이 통하지 않아서 그러기도 했겠지만.

"사람들의 표정이 달랐습니다. 스타를 만나서 기뻐하는 정도가 아니라 감격하는 표정이 역력했습니다. 자신들이 존중받았다는 느낌이 들어서 그럴 겁니다."

협력사 대표는 주혁에게 정말 프로다운 모습을 보았다면서 계속해서 그 부분을 이야기했다. 주혁은 호텔에서 쉬기 전에 잠시 기재원 대표와 이야기를 나누었다.

"앞으로도 계속 그렇게 해달라는 주문이겠죠?"

"물론이지. 말하는 그대로 받아들이면 곤란해. 물론 오늘 팬들에게 한 건 정말 잘하긴 했어. 내가 봐도 사람들의 표정이 달랐으니까."

기 대표는 파이브 스타도 어학 공부를 조금 더 시킬 걸 그 랬다며 안타까워했다. 주혁은 아마도 그랬다가는 애들 잠잘 시간도 없었을 거라며 고개를 흔들었다.

"그래도 참 기분이 좋긴 하네요. 정말 스타가 되었다는 기 분이 든다고 할까요? 국내에서 환호를 받는 것과는 또 다르네 요."

"어디서나 인정받는다는 건 기분 좋은 일이긴 하지. 그렇 지만 중국에서는 큰 기대는 말라고. 중국에서는 여기와는 분 위기가 조금 다를 거야."

중국에서도 커피 프린스가 인기가 있었지만, 고선기 캐릭 터는 이곳만큼 인기 있지는 않다고 했다. 오히려 네오하트에 서 주혁의 모습을 더 좋아하는 것 같다고 했다.

"네오하트요? 그런데 중국에는 아직 수출되지 않은 거 아 니었나요?"

"요즘 젊은이들이 얼마나 빠른데 그러나. 관심 있는 사람 들은 인터넷으로 다 본다고. 그것도 자기들이 자막 넣어가면 서 말이야."

아직은 숫자가 그렇게 많지는 않았지만, 분명히 영화나 드 라마가 중국 시장에서 호평을 들을 거라고 했다. 개방은 급격 하게 되어서 젊은이들의 눈은 높아졌는데, 자국 콘텐츠는 그

걸 따라가지 못한다면서.

"드라마도 그렇고, 아이돌도 마찬가지야. 솔직하게 말해서 중국에는 변변한 콘텐츠가 없어. 이미 눈은 세계 수준이 되었는데, 자국 TV에서는 옛날 무협 드라마나 하고 있으니 보고 싶겠어? 나 같아도 우리나라 드라마를 보고, 아이돌 노래를 듣겠다."

딱히 중국 사정에 대해서 알지 못하는 주혁으로서는 실감이 나지 않았다. 기 대표는 직접 가서 보면 알 거라면서 그냥 웃고 말았다.

주혁은 파이브 스타와 함께 일본의 주요 도시를 돌면서 팬미팅 행사를 했다. 그때마다 주혁은 엄청난 인기를 실감했다. 정말 한류 스타가 된 것 같은 느낌이 들었다. 하지만 그 정도는 아니었다.

이야기를 들어보니 정말 한류 스타라고 불리는 사람들은 이것보다 수십 배는 더 많은 인원을 몰고 다닌다고 했다. 그러나 주혁은 실망하지 않았다. 이제 겨우 조연으로 활동한 드라마 하나가 알려졌을 뿐이다.

"그런데도 이 정도면 충분하죠. 조연 한 번 하고 뭘 더 바라겠어요."

"하긴 그래, 이 정도 된 것도 정말 대단한 거지."

"그나저나 사람들이 참 질서 정연하긴 하네요. 줄도 잘 서고 진행에도 잘 따라주고요."

그런 것이 일본 사람의 특성인 듯했다. 처음에는 그냥 그런가 보다 했는데, 몇 곳을 다니다 보니까 확실히 국내에서 보던 팬들의 모습과는 조금 차이가 있었다. 다른 건 몰라도 질서 하나는 참 잘 지키는 듯했다.

기 대표도 그런 점은 인정했다. 그러면서 인사성도 밝고 예의도 바른 것처럼 보이지만, 속마음은 알 수 없으니 조심해야 한다고 했다.

"일본 사람들은 속마음을 잘 표현하지 않아. 얼굴을 봐도 무슨 생각을 하는지 알 수가 없지."

"하긴 우리나라 사람은 표정에 나타나는 경우가 많죠. 어쩐지 뭔가 좀 허전하다고 생각했었는데, 그런 거였네요."

주혁은 잘 생각해 보니 어쩐지 이곳에서 환대는 받았지만, 정은 별로 가지 않는 것 같다고 했다. 그리고 조금 다른 느낌도 있었다.

"저는 이상하게 사람들이 너무 얌전한 거 같더라고요. 뭐라고 할까. 에너지가 좀 약하다고 해야 하나?"

"그래? 나도 생각해 보니까 좀 그런 것 같기는 하네."

확실히 깨끗하고 깔끔한 느낌의 나라이기는 했지만, 활기가 넘치는 역동적인 느낌은 들지 않았다. 하지만 그런 게 무슨 상관이겠는가. 사회학 연구를 할 것도 아닌데. 주혁은 그저 자신의 연기를 좋아해 주는 사람들에게 감사할 따름이었다.

그래서 도시를 다니면서 친절한 표정으로 최선을 다해서 감사의 뜻을 전했다. 진심은 통하는 법인지 팬들의 반응도 무척 좋았다. 인터넷을 통해서 팬들의 블로그를 슬쩍 보기도 했는데, 너무 감동받아서 앞으로 주혁이 나오는 건 뭐든 다 보겠다는 사람도 있었다.

그리고 자기도 그렇게 느꼈다면서 사람들끼리 모임을 만들기도 하고 그랬다. 주혁은 적어도 첫 일본행은 아주 성공적이었다고 스스로 평가했다.

*   *   *

일본에서의 행사를 마치고 일행은 중국으로 움직였다. 거리는 얼마 되지 않아서 비행기를 타고 금방이었는데, 확실히 아직 인지도가 없어서 그런지 공항 분위기부터 달랐다. 아주 소수의 팬들만이 공항에서 그들을 맞이한 거였다.

"참 비교가 되네요."

"여기는 이제 슬슬 알려지기 시작했으니까. 그래도 반응은 나쁘지 않아. 아직 열혈 팬들이 많지 않아서 그렇지, 팬의 숫자로만 보면 일본보다 여기가 더 많다니까?"

확실히 중국은 인구가 많기는 많았다. 그러니 전 세계가 중국 시장에 눈독을 들이는 것 아니겠는가.

주혁은 행사까지는 아직 며칠이 남았으니 편안하게 구경이나 좀 다닐까 하는 생각을 했다. 공항으로 나온 협력사 대표가 말도 안 되는 이야기를 하기 전까지는.

기재원은 공항에 나온 협력사의 대표를 알아보고 알은척을 했는데, 이상하게도 그의 표정이 좋지 않았다.

협력사 대표는 곤란한 표정으로 다가오더니 낮은 목소리로 이야기했다. 주혁이 통역을 했는데, 행사장 대관이 잘못되었다는 이야기였다.

기 대표는 황당하다는 표정이 되었다.

"그게 무슨 소립니까? 행사장 대관이 문제가 있다니요? 분명히 미리 계약했다고 하지 않았습니까."

기재원 대표는 평소 같지 않게 큰 소리로 이야기를 했다. 이런 상황에서 이성적으로 행동하는 것이 오히려 더 이상한 것일 터이다. 그리고 그런 모습을 보이면 상대에게 우습게 보이기도 하겠고.

그래서 어느 정도는 계획된, 어느 정도는 진짜 화가 나서 소리를 지르는 거였다.

주혁이 통역을 했는데, 사실 무슨 말인지는 통역을 하지 않아도 알 수 있었다. 상대는 난감한 표정으로 기 대표의 팔을 잡았다. 그리고 설명을 할 테니 일단 다른 곳으로 가자고 거의 애원하다시피 했다.

상황을 보면서 일행의 표정이 썩 좋지 못했다. 일본에서야 어느 정도 활동을 해서 기반을 닦았다고 볼 수도 있었지만, 중국은 이제부터 활동하려는 단계였다. 그런데 처음부터 이 렇게 이상하게 일이 꼬였으니 마음이 불편했던 거였다.

"나는 무슨 일인지 알아보고 갈 테니까 애들 데리고 먼저 가서 쉬고 있어."

기 대표는 사람들에게 지시하고는 중국 협력사 대표와 함 께 움직였다. 주혁은 통역을 해야 해서 기 대표와 같이 움직 였고, 나머지 일행은 모두 호텔에 짐을 풀러 갔다.

상해의 시내에 있는 조용한 음식점에 들어가서는 협력사 대표는 방을 달라고 했다.

여주인은 눈웃음을 치면서 일행을 방으로 안내했고, 일행 이 모두 자리에 앉자 협력사 대표가 망설이다가 입을 열었다.

"이봐요. 나로서도 어쩔 수가 없는 일입니다."

협력사의 대표인 임 총경리는 정말 억울하다는 표정으로 이야기했다. 거물이 뒤에 있는 자가 그 행사장을 사용하겠다 고 힘을 써서 어떻게 할 방법이 없었다는 거였다. 상대의 뒤 에는 공산당 서열이 아주 높은 거물이 버티고 있다고 했다.

"그러면 다른 행사장은요?"

주혁은 기 대표의 말을 통역했고, 말을 들은 임 총경리는 다른 곳을 지금 알아보고 있다고 했다. 하지만 그 장소보다 좋은 장소는 찾을 수 없다고 했다.

"젠장, 중국은 이게 문제야. 썩은 것도 어느 정도껏이어야지, 상식이란 게 통하지를 않으니 원."

기 대표는 주먹을 쥐고는 짜증스러운 표정으로 투덜거렸다. 임 총경리는 무슨 말인지 궁금하게 생각했지만, 주혁은 그냥 혼잣말을 한 거라고 말해주었다. 기 대표의 말대로 계약서는 그냥 종이쪼가리에 불과했다.

법적으로 가봐야 중국 법원에서 자국민에게 불리한 판결을 내릴 확률은 높지 않다. 그렇다고 이대로 넋 놓고 있을 수만은 없는 일. 하지만 방법이 없었다.

아니, 굳이 따지자면 방법이 없는 건 아니었다.

적어도 중국에서는 어떤 것과도 비교할 수 없는 막강한 패를 지니고 있었으니까. 하지만 그런 패를 이런 사소한 일에 사용한다는 건 좀 웃겼다. 도둑 한 명 잡으려고 항공모함 선단이 출동하는 것 같다고나 할까.

"일단 차선책이라도 찾아야 하지 않을까요?"

"그래야지. 이대로 있다가 돌아갈 수야 없지."

기 대표는 임 총경리와 대책에 대해서 논의했다. 그리고 이건 분명히 임 총경리의 잘못이니 확실하게 책임을 묻겠다고 못 박았다. 임 총경리는 억울하다는 표정을 지어 보였지만,

속으로는 너희들이 뭘 할 수 있겠느냐고 생각하고 있었다.

사실상 책임을 물을 방법은 없었다. 소송으로 가봐야 중국 법원은 자신의 손을 들어줄 테니까. 그래서 임 총경리는 미안하다는 말은 하고 있었지만, 사실 그다지 신경 쓰지는 않았다. 중국에서는 이런 일이 빈번했으니까.

기 대표와 주혁은 찜찜한 기분으로 호텔로 돌아왔다. 그런데 호텔로 돌아오면서 건물에 걸린 초대형 현수막을 볼 수 있었다. 엔터하이의 남성 그룹 K-노바와 넥스 탑의 공연을 알리는 현수막이었는데, 장소가 원래 아토 엔터테인먼트에서 사용하려고 했던 바로 그 장소였다.

주혁은 짜증이 확 솟구쳤다.

'이 자식들 봐라? 치사하게 외국에 나와서까지 이런 식으로 한다 이거지?'

주혁은 잠시 고민했지만, 이런 일로 극강의 패를 사용하는 건 미친 짓이었다. 그런데 생각해 보니 다른 방법이 있을 듯했다. 주혁은 생각을 마치고 핸드폰을 들었다.

*　　　*　　　*

"지금 어떻게 하고 있지?"

백정우는 공연 준비를 진두지휘하면서 아토 엔터테인먼트

의 동향을 물었다. 측근이 다가와서는 웃으면서 대답했다.

"지금 공연장 책임자를 찾아가서 이야기하고 있답니다."

"쓸데없는 짓을 하는군. 그래 봐야 이미지만 나빠질 텐데."

"그러게나 말입니다. 중국 사정을 아직 잘 모르는 모양입니다. 그리고 다른 공연장 알아보는 것도 영 시원치 않은 모양입니다."

백정우는 피식 웃었다. 당연한 것이 쓸 만한 장소는 이미 모두 사용 중이거나 누군가가 준비 중이었다. 자신들도 그래서 이곳을 차지하려고 작업한 것이 아니던가.

"구석에 있는 어디 조그만 소극장 같은 거나 빌려서 하겠구만."

"그럴 수나 있으면 다행이죠. 여기 책임자한테 밉보이면 그것도 쉽지 않을걸요?"

그 말에 주변에 있는 사람들이 모두 웃었다.

이 공연장 책임자는 상당한 영향력을 가진 인물이었다. 만약 조창욱이 소개시켜 준 중국 고위 인사가 아니었다면 쉽사리 움직일 수 없었을 것이다.

그러니 지금 아토 엔터테인먼트에서 찾아가 강하게 항의하면 할수록 그들에게는 좋지 않은 일이다. 하지만 중국 사정에 밝지 않은 사람들은 그런 사실을 알지 못한다. 그래서 백정우 등은 아토 측에서 부당한 일이라면서 강력하게 항의할 줄 알았다.

그런데 실상 공연장 책임자와 아토 측의 분위기는 그들이 생각하는 것과는 조금 달랐다.

"그건 아무런 문제가 없다고 하지 않았나? 당신들 계약에 문제가 있었던 거라고."

공연장 책임자는 자리에 앉은 채 거드름을 피우면서 말했다. 자신을 찾아온 사람들에게 자리에 앉으란 말도 하지 않고 오히려 짜증을 냈다. 의자에 앉아서 배를 쑥 내민 채, 다 끝난 일인데 왜 찾아왔느냐는 표정으로.

임 총경리도 안절부절못하고 있었다. 가만히 있으면 작은 곳이라도 어떻게든 마련해 볼 수 있을 것인데 왜 나서서 일을 크게 만드는지 이해할 수가 없었다. 잘못하다가는 자신까지 손해를 입을 수 있는 일이라 아주 난감한 표정이었다.

오전에 만나서 임 총경리는 깜짝 놀랐다. 책임자를 만나서 항의하겠다는 거였다. 절대로 안 된다고 그렇게 말렸건만 무조건 책임자를 만나겠다며 나섰다. 임 총경리는 같이 들어오기 싫었지만, 혹시라도 큰 문제라도 일으키는 날에는 자신도 무사하기 어려운 일이니 이렇게 따라온 거였다.

"이해해 주시지요. 외국인이라서 아직 이쪽 물정을 잘 모릅니다. 제가 나중에 따로 자리를 마련하겠습니다."

임 총경리가 저자세로 나오자 공연장 책임자는 그제야 조금 마음이 풀어지는 듯했다.

하지만 주혁은 계약서를 내밀면서 당당하게 말했다.

"이렇게 계약서가 있는데도 그렇단 말이죠?"

"그래, 당신들이 문제가 있어서 계약이 파기된 거다."

"알겠습니다."

주혁은 그 말만 하고는 밖으로 나갔다.

기재원 대표는 무슨 말이 오간지도 모르고 멀뚱멀뚱 외국어만 듣다가 주혁을 따라서 밖으로 나왔고, 임 총경리와 책임자는 황당하다는 표정으로 나가는 사람들을 보고만 있었다.

둘은 이럴 거면 여기에 왜 찾아왔나 싶었다. 둘은 한바탕 큰소리라도 치고 그럴 줄 알았는데, 그냥 얌전하게 말만 하고는 나갔다.

임 총경리는 이때다 싶어서 재빨리 말을 했다.

"그냥 한번 확인하고 싶어서 왔던 모양입니다. 제가 한 말이 믿기지가 않았던 것 같습니다. 앞으로는 이런 일이 없도록 제가 잘 알아듣게 이야기를 해놓겠습니다."

"그런가? 이거 참 황당한 일도 다 있군. 그래, 하기야 믿기지 않는 일을 당하면 사람들이 좀 이상해지기도 하지."

책임자는 어이가 없다는 듯 헛웃음을 웃었다.

임 총경리는 나중에 자리를 마련하겠다고 하고는 밖으로

나왔다. 하지만 주혁과 기 대표는 이미 차에 오르고 있었다. 그리고 그가 잡기도 전에 차는 출발했다. 그는 이게 도대체 무슨 일인가 싶어서 고개를 갸웃거렸다.

"그런데 갑자기 책임자는 왜 찾아가자고 한 건가?"

"다 이유가 있어서 그런 겁니다. 이제 일이 다 잘 풀릴 겁니다."

주혁은 중간에 차에서 내리면서 이야기했다.

"저는 약속이 있어서 잠시 어디 좀 다녀와야겠네요."

"그래? 그렇게 해. 그런데 정말 어떻게 수가 날까?"

"걱정 말고 기다리고 계세요. 조금만 있으면 다 해결될 테니까요."

그렇게 이야기를 한 주혁은 약속된 장소로 이동했다. 그가 도착하자 기다리고 있던 사람은 처음 보는 얼굴임에도 무척 반갑게 맞이해 주었다.

"어서 와요. 그때 선물은 고맙게 받았어요."

중년의 여자가 주혁에게 웃으면서 이야기했다. 바로 시진핑의 아내인 펑리위안이었다. 주혁은 고민하다가 이번 일을 가지고 시진핑을 만나는 건 아니라고 생각했다. 그래서 생각한 것이 그의 아내인 펑리위안이었다.

전부터 계속해서 주혁을 보고 싶다는 말도 했었고, 중국에 오면 꼭 찾아오라는 이야기도 했었다. 그래서 시진핑에게는 전화로 가벼운 인사만 하고 펑리위안과 약속을 잡은 거였다.
사실 시진핑은 워낙 바빠서 주혁을 만날 시간이 없기도 했다.

이야기는 아주 화기애애하게 진행되었다. 선물한 주인공
이 배우라는 이야기는 들었지만, 이렇게 잘생기고 멋진 젊은
이일 줄은 몰랐던 펑리위안은 더욱 기분이 좋았다. 게다가 주
혁이 중국어를 잘한다는 점도 더 호감이 갔다.

"그런데 중국에는 무슨 일로 왔나요?"

자연스럽게 이야기가 이곳에 왜 왔느냐는 것으로 흘러갔
다. 당연히 나올 만한 이야기였다. 주혁은 간단하게 설명했
다. 소속사 가수들이 공연하러 왔는데, 같이 왔다고. 그러면
서 살짝 표정에 변화를 주었다.

이런 상황에서 어떤 모습을 보여야 할 것인지 전부 생각하
고 왔다. 그래서 살짝 어두운 기색을 내비쳤다. 주혁은 배우
다. 이런 게 어려울 리가 있겠는가. 하지만 대놓고 이야기를
하지는 않았다.

그저 상대가 뭔가 문제가 있구나 하는 걸 알 수 있을 정도
만 보여주었다. 펑리위안도 보통 인물이 아니다. 그녀도 가수
였기에 호기심을 갖고 이야기를 했는데, 무언가 이상하다는
걸 곧바로 깨달았다.

"잠깐만 쉬었다가 이야기를 할까요?"

펑리위안은 잠시 밖에 나갔다가 돌아왔다. 그리고 다시 돌

아와서는 같이 온 가수에 대해서 여러 질문을 했다. 그녀는 아이들이 하루에 많으면 15시간을 연습했다는 이야기를 듣고는 감탄하면서 손뼉을 쳤다.

"대단하군요. 그런 건 아무리 강제로 시켜도 열정이 없으면 할 수 없는 건데 말이에요."

주혁은 스마트폰으로 아이들의 영상을 보여주었다. 그녀는 영상을 보면서 연이어 감탄했다. 정말 실력이 좋다는 걸 눈과 귀로 확인할 수 있어서였다. 자신도 가수였기 때문에 아이들의 실력을 피부로 느낄 수 있었다.

"아, 중국에도 이런 가수들이 나왔으면 좋겠어요. 노래도 잘하고 참 보기 좋네요."

주혁은 의례적으로 하는 소리이겠거니 했는데, 펑리위안은 정말로 파이브 스타에게 관심을 보였다. 그러면서 주혁에게 한국에는 이런 가수들이 많은지, 연습은 어떻게 하는지 여러 가지 질문을 했다.

주혁은 성심성의껏 대답해주었는데, 이야기하는 도중에 누가 들어와서 그녀에게 귓속말을 했다. 그러자 그녀의 표정이 조금 굳어졌다.

"아, 잠시만요. 볼일이 있어서……."

펑리위안은 양해를 구하고 밖으로 나가서는 크게 분노했

다. 무슨 일이 있었는지 보고를 받았기 때문이었다.

그녀는 주혁의 표정을 보고는 비서에게 무슨 사정이 있는 것인지 알아보라고 시켰는데, 바로 소식을 알려왔다. 사실 그녀도 알고 있었다. 이런 일이 중국에서 아주 흔하다는 것을.

보통의 경우라면 얼굴을 찌푸렸겠지만, 그냥 넘어갔을 것이다. 하지만 그 대상이 자신의 손님일 때는 그럴 수가 없다. 그녀는 자신의 체면이 엄청나게 깎였다고 생각했다. 외국에서 온 자신의 손님이 그런 꼴을 당한 건, 자신이 그런 꼴을 당한 거나 마찬가지이다.

그 뒷배가 제법 고위직이기는 했지만, 어디까지나 보통 사람들이 보았을 때나 고위직. 중국의 서열 1위를 남편으로 둔 펑리위안이 보기에는 조무래기에 불과했다. 이 정도는 자신이 나서도 충분한 일이었다.

"이봐, 상하이에 이런 일을 처리하기 좋은 사람이 누가 있지?"

"탕덩제 부시장이면 무난하지 않을까 싶습니다."

"탕덩제……."

펑리위안은 곧바로 전화기를 들었다.

그러나 잠시 생각을 하더니 다시 전화기를 내려놓았다. 다른 식으로 처리하는 게 좋겠다는 생각이 들어서였다.

펑리위안은 주혁이 마음에 들었다. 사실 자신을 찾아와서

이 이야기를 하고 도움을 청했다면 도와는 주었을 것이다. 주혁을 위해서가 아니라 어디까지나 자신의 체면 때문에 그러는 거였다. 하지만 기분은 나빴을 것이다.

중국의 치부를 상대에게서 듣는 게 기분 좋을 리는 없지 않은가. 하지만 주혁은 그런 이야기를 하지 않았다. 그 점이 마음에 들었다. 나이가 이제 30이 갓 넘었다고 들었는데, 신중하고 사려 깊은 사람이었다. 거기다가 잘생기기까지 했고.

"아니야. 내가 잠시 상하이에 다녀와야겠어."

"예? 직접 상하이에 가신다고요?"

오히려 측근이 놀랐다. 이 문제는 펑리위안이 직접 움직일 만한 문제가 아니라고 생각했으니까. 아까 언급한 탕덩제 부시장도 사실 지나친 거였다. 펑리위안의 체면을 생각해서 그를 언급한 거였지, 사실 그런 거물이 이런 작은 일에 움직인다는 게 모양새가 좋지는 않았다.

그런데 펑리위안이 직접 움직인다니. 이건 말도 되지 않는 일이었다.

"굳이 그러실 것까지 있겠습니까?"

"그 일 때문이 아니야. 내가 알고 싶은 게 좀 생겨서 그런 것이지."

펑리위안의 말에 측근은 고개를 숙였다. 그녀가 그렇다면 그런 것이다. 측근은 즉시 상하이로 갈 준비를 했다.

그리고 다시 방으로 돌아간 펑리위안은 주혁에게 말했다.

"내가 파이브 스타라는 아이들을 좀 만나고 싶은데. 괜찮겠지요?"

"예? 물론입니다."

주혁은 얼떨결에 대답했다. 문제를 해결해주기를 기대는 했지만, 직접 가서 아이들을 만날 거라는 건 생각지도 않고 있었다. 펑리위안은 주혁과 함께 상하이로 돌아갔다.

상하이에서는 난리가 났다. 시진핑 주석의 부인이 통보도 없이 친히 납시었으니 얼마나 놀랐겠는가. 하지만 그녀는 비공식 방문이라는 말을 하고는 주혁과 함께 아토 엔터테인먼트 식구들이 묵고 있는 호텔로 향했다.

기재원 대표와 파이브 스타, 틴스, 엑스타까지 같이 이야기를 나누었다. 그리고 정식 무대는 아니었지만, 아이들이 공연도 보았다.

펑리위안은 정말 재능 있고 훌륭한 가수라며 칭찬을 아끼지 않았다.

펑리위안이 밖으로 나왔을 때, 상하이 시의 고위 관료라고 할 수 있는 사람들은 죄다 호텔에 도착해 있었다.

기왕 여기까지 왔으니 그들과 식사라도 해야 할 터.

펑리위안은 그들과 함께 떠나면서 주혁에게 이야기했다.

"가기 전에 남편도 보고 가요. 남편도 계속해서 만나고 싶어 했으니까. 아마 사람을 통해서 연락이 갈 거예요."

　모든 사람들이 그 이야기를 들었다. 그리고 사람들의 시선이 주혁에게로 향했다. 도대체 어떤 사람이기에 펑리위안과 같이 다니고 시진핑 주석이 보고 싶다고 한단 말인가.

　그날로 상하이에 소문이 쫙 퍼졌다. 시진핑 주석과 친분이 있는 외국인이 상하이 시에 있다는 소문이었다.

　그리고 다음 날 얼굴이 시커멓게 된 공연장 책임자가 호텔로 달려왔다. 얼마나 급하게 왔는지 숨이 넘어갈 것처럼 보였다.

　"제가… 살펴보니까……."

　숨이 가빠서 말도 제대로 하지 못했다. 그리고 거의 울먹거리고 있었다. 자신과 친분이 있는 고위층이라고 해봐야 상하이 시에서 조금 높은 정도이다. 시진핑 주석이나 펑리위안은 TV에서나 볼 수 있는 인물이었다.

　예전에 격려차 방문한 시진핑 주석과 악수를 한 번 하고는 사람들에게 얼마나 자랑을 했던가. 그런데 그런 사람들과 친분이 있는 사람이 주혁이었다. 자신이 무시한 사람이 사실은 쳐다볼 수도 없는 사람이었던 것이다.

　"제발……."

　공연장 책임자는 애걸복걸했다. 말은 조금 달랐지만, 자신이 실수했으니 제발 용서해 달라는 거였다.

"그럼 공연장은 다시 사용할 수 있는 건가요?"

"물론입니다. 이미 그렇게 지시를 해놓았습니다."

공연까지는 시간이 조금 촉박하기는 했지만, 지금부터 준비한다면 어떻게든 맞출 수는 있을 듯했다.

기재원 대표는 고개를 끄덕였다.

"그럼 그렇게 합시다."

공연장 책임자는 한숨을 내쉬면서 안도했다. 그러면서 모든 편의를 전부 제공하겠다고 말만 하라고 떠들어댔다.

주혁과 기재원 대표는 차를 타고 공연장으로 가는데, 건물에 걸려 있던 초대형 현수막을 걷고 있는 게 보였다.

그리고 그 시각 백정우 대표는 공연장에서 소리를 지르며 날뛰고 있었다.

"이런 게 어디 있어? 책임자 나오라고 해. 며칠 남기고 이러는 게 말이 돼? 되냐고, 엉?"

하지만 경비들에게 질질 끌려 나가게 되었다. 끌려 나가면서도 분노에 찬 백정우의 외침은 줄어들지 않았다.

주혁과 기 대표는 책임자와 함께 공연장에 도착해서 그 모습을 보게 되었고, 피식거리면서 웃었다.

"저렇게 밉보일 짓을 하면 곤란할 텐데……."

주혁의 말을 공연 책임자는 귀담아듣고 있었다.

엔터하이는 그 후로 중국에서 제대로 된 공연을 하기까지 상당한 시일이 필요했다.

　물론 며칠 후, 아토 엔터테인먼트 아이돌의 공연은 성황리에 마무리되었다. 상하이 유력자들이 대거 참석하면서 엄청난 화제를 몰고 왔기 때문이었다.

CHAPTER **35**
촬영 시작

주혁은 한껏 고무되어서 비행기에 올랐다. 2주 정도 중국에 있으면서, 아토 엔터테인먼트의 세 그룹과 주혁은 상당한 주목을 받았다. 펑리위안이 주목한 한류 연예인이라는 소문이 돌아서 그런 거였는데, 그중에서도 가장 인기가 있는 건 주혁이었다.

어떤 미남 배우이기에 펑리위안까지 관심을 보였는지 사람들이 궁금해했던 거였다. 특히나 여성들의 관심이 폭발적이었는데, 커피 프린스나 네오하트가 인터넷을 통해서 쉽게 볼 수 있다는 점도 인기가 커지는 데 한몫했다.

하지만 정작 주혁의 인기에 불을 붙인 건 바로 한국에서 상영 중인 영화는 영화다, 바로 그 작품이었다. 한국에 와 있는 중국 유학생들이 주혁의 매력을 제대로 알리려면 이 영화를 보아야 한다면서 영화는 영화다에 대한 정보를 올렸다.

스틸 컷과 홍보 영상 중심으로 자료가 퍼지다가 나중에는 불법 캠 버전까지 올라왔다.

그리고 영상을 본 사람들이 흥분하기 시작했다. 마치 예전 홍콩영화의 주인공 같은 주혁의 거칠고 야성적인 매력에 중국 사람들이 빠져든 거였다.

그래서 한국에서 아무런 움직임도 없었는데, 중국에서 먼저 영화를 수입하겠다는 제의를 했을 정도였다.

"이거 조금 미안한데요?"

"뭐가?"

"애들 공연인데 제가 더 주목을 받은 것 같아서요. 공연 중간에 제가 나가는 것 자체가 좀 웃기는 일이잖아요."

펑리위안이 다녀간 뒤로는 공연장을 잡거나 행사를 하는데 전혀 문제가 없었다. 오히려 파워 있는 연예계 회사들이 앞다투어 계약하자고 달려들어서 곤란할 지경이었다. 그리고 공연을 하면서 조금 특이한 점이 있었다면, 공연 중간에 주혁이 나오는 시간이 있었다는 거였다.

쉬거나 아이들이 의상을 갈아입는 시간에 잠깐 나와서 인사하고 사회자의 질문에 대답하는 식이었는데, 공연 때보다도 더 큰 함성이 터지곤 했다.

주혁의 기분이야 당연히 날아갈 것 같았지만, 그래도 공연의 주인공은 아이들인데 조금 미안한 생각이 들기도 했다.

"무슨 소리야. 서로서로 좋은 거지. 그리고 자네 아니었으면 제대로 중국에서 공연할 수도 없을 텐데. 애들도 좋아하는 거 직접 봤잖아."

한번은 실수로 주혁이 공연 중간에 나온다는 내용을 빼먹었는데, 공연 기획사로 전화가 빗발쳤다. 그리고 다른 때보다 예매율이 아주 저조했다. 공연 기획사는 부랴부랴 주혁이 나온다는 내용을 집어넣었고, 몇 시간이 지나지 않아 모든 표가 매진되었다.

애들은 애들대로 즐거워했다. 중국에 처음 왔을 때, 정말 이대로 다시 한국으로 돌아가야 하는 건 아닌가 걱정을 했었다. 그런데 일이 잘 풀리니 다행이라 여긴 것이다.

게다가 아토 엔터테인먼트에 있는 아이들에게 주혁은 아주 특별했다. 일이 있을 때마다 나타나서 지켜주는 키다리 아저씨 같은 존재였다. 이번 일만 해도 주혁이 나타나서 일을 해결하지 않았던가. 아이들은 오히려 주혁에게 고마워하고 있었다.

하기야 까딱했으면, 백정우의 농간에 당해서 공연을 아예 못 할 뻔했으니 그에 비하면 정말 만족스러운 결과라고 할 수 있었다. 그리고 그 꼴을 엔터하이가 그대로 당하는 걸 똑똑히 보았다.

거기 아이돌 그룹이 공연을 못 하게 된 건 조금 안됐다는 생각이 들었지만, 어차피 자업자득이다. 아마도 지금쯤 엔터하이에 있는 걸 후회하고 있는 아이도 있을 것이다. 그러다가 주혁은 꺼림칙한 문제가 생각났다.

"다 좋기는 한데, 영화가 불법으로 돌아다니고 있어서 좀 그러네요."

"후우, 그건 중국이니 어쩔 수 없지. 그런 게 잘못된 거라는 생각 자체가 없으니까. 하기야 우리나라도 얼마 전까지는 그랬지."

하지만 큰 영향은 없다는 이야기도 있었다. 오히려 홍보 효과가 더 크다는 의견을 말하는 사람도 있었고. 그런 이야기를 하는 사이에 모든 준비가 끝났고, 비행기가 움직이기 시작했다.

중국에서 한국까지는 대략 두 시간 정도가 걸렸다. 비행기에 타고서 잠깐 이야기를 하니 벌써 인천 공항이었다. 공항에 도착해서 가장 좋았던 점은 팬들이 한국어로 환호해준다는 점이었다.

일본과 중국을 돌아다니면서 말이 통하지 않는 건 아니었지만, 아무래도 외국어는 외국어였다. 불편하고 어색했다. 그런데 한국에 돌아오니 그렇게 편안할 수가 없었다. 그리고 팬들도 외국 팬들보다 정감이 갔다.

일행은 팬들에게 손을 흔들어주면서 나와서는 바로 각자 숙소로 이동했다. 오늘은 편하게 쉬는 일만 남았다.

"확실히 파이브 스타 팬들이 많기는 하네요."

"아무래도 아이돌이니까. 그래도 자네 팬들도 만만치 않던데."

"영화는 영화다의 영향이 큰 것 같아요. 팬이 갑자기 확 늘었다니까요."

주혁은 싱글벙글하면서 이야기했다. 어차피 집이 회사 근처라서 기 대표와 같이 타고 가는 길이었다. 가는 길에 주혁은 기사를 검색해보았다. 중국과 일본에서 엄청난 호응을 얻고 온 후라서 어떤 기사나 났는지 궁금했기 때문이었다.

그런데 아무리 여러 포털 사이트를 둘러보아도 그것과 관련된 기사는 보이지 않았다.

"기사가 없네요? 엄청나게 반응이 좋아서 여기서도 난리가 날 줄 알았는데⋯⋯."

"보통 외국에서 있었던 일까지 자세하게 기사가 나지는 않아. 그런 경우는 대부분 회사에서 기사를 주는 경우지."

그래도 기사가 몇 개는 있을 줄 알았는데, 조금 섭섭한 생각마저 들었다. 확실히 외국에서 공연했을 때의 반응과는 온도 차가 있었다. 하지만 온도 차가 그리 많이 나지 않는 경우도 있었다. 바로 쫓기듯 한국으로 돌아와야 했던 백정우 대표의 경우가 그랬다.

주혁 일행이 성공적으로 공연하는 것을 구경만 한 백정우 대표는 어떻게든 작은 공연장이라도 잡아서 일을 진행시키려고 했다. 하지만 이미 거물에게 밉보였다는 소문이 난 터라 아무도 공연장을 빌려주려 하지 않았다.

결국 중국에서 일이 잘 풀리지 않은 백정우 대표는 한국으로 돌아왔고, 아주 불안하고 초조한 시간을 보내고 있었다. 중국과 동남아시아 쪽 진출에 큰 소리를 치고 유력 인물까지 소개를 받았는데, 일을 망쳤기 때문이었다.

그나마 그 유력인사가 사정을 이야기해주어서 당장은 넘어가는 듯했지만, 일이 이렇게 된 이상 누군가는 책임을 쳐야 한다. 그러니 언제 조창욱 실장의 호출을 받을지 모르는 것이다.

이번에 호출을 받으면 정말 끝장이라고 봐도 무방했다. 그러니 어떻게든 점수를 만회할 방법을 찾아야 했다. 그래서 기업이나 관계 부처에 로비를 더욱 강화했다. 그것만이 살아남을 길이라고 생각하면서 결사적으로 매달렸다.

 *   *   *

주혁이 돌아와서 가장 먼저 신경을 쓴 것은 몸을 만들면서 액션 장면 준비를 하는 거였다. 몸은 그전부터 만들고 있었지만, 와이어 액션과 봉술은 연습을 해야 했다.

와이어야 아무 곳에서나 연습할 수 없는 거였지만, 봉술은 봉만 있고 적당한 공간만 있으면 어디서나 연습을 할 수가 있었다. 그래서 차에 봉을 가지고 다니면서 적당한 자리가 있으면 항상 연습했다.

그런데 봉술은 생각보다 연습이 잘되었다. 실제로야 사용할 수 있을지 없을지 몰랐지만, 적어도 보기에는 그럴듯했다. 아무래도 힘을 주는 거나 조금 어색한 부분이 있기는 했는데, 잘 생각해 보고 자세를 바꾸면서 연습해서 다듬어 나갔다.

그래서 와이어 액션을 하러 갔을 때는 봉이 제법 손에 익은 상태였다. 주혁은 와이어 액션도 봉술처럼 금방 좋은 결과가 나왔으면 좋겠다는 생각을 하면서 연습 장소에 들어갔다.

"어, 주혁 씨."

지동훈 감독이 직접 와서 세심하게 체크하고 있었다.

주혁은 감독 옆에서 같이 구경했는데, 감독은 잠깐 쉬는 시간에 무슨 책을 보았다.

"뭐예요?"

"아, 이거? 부적 대백과라고."

감독은 책을 보여주었다. 각종 부적과 주문에 대한 내용이 있는 책이었다.

주혁은 정말 별난 책이 다 있구나 싶었다. 지동훈 감독은 나중에 영화 속에서 쓸 주문을 어떤 걸로 하면 좋을지 자료를 보고 있는 거였다.

"여기에 있는 걸로 하시게요?"

"그대로 쓰기는 좀 그렇고. 뭐 이거저거 섞어서 좋은 걸로 만들어야지."

감독은 와이어 액션과 관련해서 작업하면서도 틈만 나면 이것저것 다른 일을 했다. 그 영상을 본 이후로 조금이라도 더 완성도를 높여야겠다는 생각이 들었던 거였다.

그리고 드디어 주혁의 차례가 되었다.

운동신경도 남들보다 좋고 하니까 와이어 액션도 그리 어렵지 않으리라 생각했는데, 이게 생각보다 폼이 잘 나오지 않았다. 생각 같아서는 엄청나게 멋진 폼으로 움직일 것 같은데, 하고 나서 화면을 보면 완전히 엉성한 자세로 움직이는 자신을 발견하게 되었다.

"이상하네? 생각한 것 같지 않네요. 공중에서 동작이 영……."

"와이어를 달고 움직인다는 게 이게 쉬운 게 아니거든요."

무술 감독인 강세홍이 그렇게 쉬운 게 아니라며 주혁을 위로했다.

주혁은 무언가 될 것 같으면서도 생각만큼 풀리지 않자 연습에 매진했다. 마음 같아서는 계속해서 연습하고 싶었지만, 중간에 휴식을 취해야 했다.

다른 배우들도 연습이 필요했기 때문이었다. 주요 배역은 모두 와이어 액션을 한다고 보아도 될 정도로 와이어 액션 장면이 많았다.

그래서 주혁은 쉴 때는 봉술을 연습했다. 이제는 손맛이 느껴질 정도로 익숙해졌다.

이제는 자세를 응용해서 조금 더 멋지게 할 수는 없을까를 생각하면서 움직였다. 그래서 다른 사람이 보기에도 제법 그럴듯한 모습이 나오고 있었다. 그리고 와이어 액션을 진두지휘하던 감독이 그 광경을 보게 되었다.

감독은 무술을 잘 알지 못해서 저것이 정말 무술인지는 잘 몰랐다. 하지만 일단 폼은 좋아 보였다. 모든 게 길쭉길쭉해서 그런지 몰라도 주혁이 봉을 쓰는 건 시원시원해 보였고, 맺고 끊는 게 정확해서 절도가 있어 보였다.

"주혁 씨, 좋은데? 봉술을 한 적이 있어요?"

"아뇨, 따로 배운 적은 없는데요."

감독과 이야기를 하는데 무술 감독 강세홍이 슬쩍 다가오더니 말을 섞었다.

"그냥 몸놀림은 아닌데? 무술 같은 거 한 적 있죠?"

"태권도는 좀 했는데요."

"아, 태권도. 어디 좀 볼 수 있을까요?"

와이어 액션을 할 때도 보통 몸놀림이 아니라서 눈여겨보고 있던 강세홍은 주혁의 무술 실력을 보자고 했다. 마침 사람들이 쉬고 있던 터라 본의 아니게 사람들 앞에서 무술 시연을 하게 되었다.

전문가가 아니더라도 느낌이 딱 올 때가 있다. 주혁이 앞차기를 하고는 제자리에서 뛰어올라 뒤돌려 차기를 하는 순간 사람들은 움찔거렸다. 박력이 굉장했기 때문이었다. 그리고 느낌이 왔다.

'아, 이 사람은 정말 고수구나.'

속된 말로 저 발차기에 제대로 한 대 맞으면 죽을 것 같았다. 얼마나 움직임이 빠른지 발차기가 지나간 자리에 잔상이 남는 듯했고, 붕붕 하는 바람 소리가 들리는 것 같았다.

"우와~"

배우들은 모두 탄성을 질렀다. 주혁의 무술 실력이 이렇게 좋은지 몰랐기 때문이었다.

주혁은 지금까지 딱히 액션 장면이라고 할 만한 걸 찍은 적이 없었다. 추적자나 영화는 영화다에서 보여준 건 아주 현실적인 액션이어서 주혁의 실력을 제대로 볼 수 없었다.

하지만 제대로 몸을 쓰니 엄청난 위압감이 들었다.

무술 팀 사람들은 탄성은 지르지 않았다. 대신 앞으로 나오면서 주혁의 몸놀림을 집중해서 보았다. 배우인 줄 알았는데 장난이 아니었다. 당장 저런 움직임을 보일 수 있는 사람은 이 자리에 그리 많지 않았다.

가장 놀라고 있는 건 무술 감독인 강세홍이었다. 저 몸놀림은 하루 이틀 도장에서 연습한다고 나오는 움직임이 아니었다. 정말 고된 수련을 통해서 갈고 닦은 움직임이었다. 그런 과정을 겪은 사람들만이 알 수 있는 그런 몸놀림.

주혁은 짧은 시범을 끝마쳤고, 우레와 같은 박수를 받았다. 특히나 여배우인 정예진은 환호성을 지르면서 손을 머리 위로 올리면서 손뼉을 쳤고, 남자 배우들은 부러운 눈초리로 주혁을 쳐다보았다.

정예진은 바로 주혁에게 달려가서는 정말 멋지다면서 시범을 더 보여달라고 졸랐다.

강한 남자. 정말 멋지지 않은가. 게다가 반팔 셔츠를 입고 있어서 몸의 근육이 아주 잘 드러났다. 우락부락하지는 않았지만, 정말 근육이 섬세하게 발달되어 있었다.

힘을 주니 드러나는 선명한 근육의 갈라짐과 도드라지는 핏줄.

정예진은 숨이 막히는 듯했다. 그녀는 왜 그동안 출연한 드라마나 영화에서 이런 몸을 보여주지 않았는지 이해가 되지 않았다. 보여주기만 했으면 흥행은 문제없었을 텐데 말이다.

"아니 왜 액션 같은 거 안 했어요? 처음부터 그쪽으로 했어도 정말 잘했을 것 같은데."

"연기가 더 좋아서요."

정예진은 이런 단답형 대답이 이렇게 멋져 보이기는 처음이었다. 주혁은 정말 온갖 매력이 시도 때도 없이 뿜어져 나오는 매력 덩어리였다.

정예진은 조금 더 대화를 나누고 싶었지만, 자신의 연습 차례가 되어서 가야만 했다.

걸어가면서 그녀는 생각했다. 하긴 추적자나 영화는 영화다에서 보여준 연기를 보지 못했다면 무척 안타까웠을 것 같았다. 그런데 거기에다가 액션까지 가능하다니. 그녀는 정말 다시는 없을 배우의 탄생을 목격하고 있는 건지도 모른다는 생각이 들었다.

"괴물들이 좀……."

주혁은 섣부르게 말을 할 수 없었다. 좋은 이야기야 서슴없이 하겠지만, 형편없이 보인다는 말을 어디 쉽게 내뱉을 수 있겠는가. 하지만 그가 보기에 적으로 나오는 괴물들이 너무 별로였다.

적이라도 뭔가 매력적이고 느낌이 있어야 하는데, 임팩트도 없고 장난감 같은 느낌이라고나 할까. 우리나라 영화에 나오는 것치고는 나쁘지 않았는데, 외국 영상을 본 이후로 눈이 높아졌는지 마음에 들지 않았다.

감독을 비롯한 다른 사람들도 비슷한 생각이었던 것 같았다. 다들 표정이 비슷했다. 이건 좀 아니지 않으냐. 성에 차지 않는다. 입은 열지 않았지만, 눈빛과 표정으로 이런 이야기를 하고 있었다.

"전에 거하고 달라진 게 거의 없는 것 같은데……."

유일하게 이전 작업물을 본 감독이 이야기했다.

앞으로 연기하는 데 참고하라고 배우들을 데려온 자리였는데, 무척 실망스러운 영상이었다. 그 때문인지 평소 화를 잘 내지 않는 감독의 얼굴에 노기가 살짝 보였다.

하지만 감독의 반응을 보고도 CG 책임자는 빙긋 웃었다.

감독의 말이 정답이었다. 이 괴물들은 이전에 작업한 녀석들이었다. 일부러 예전 녀석들을 먼저 보여준 거였다. 얼마나 바뀌었는지를 보여주기 위해서.

책임자는 화면에 진짜로 작업한 녀석들을 올렸다.

"이야~ 이건 괜찮네요."

"뭐야, 장난친 거였어? 어쩐지 바뀐 게 너무 없더라니."

사람들의 표정이 일제히 밝아졌다.

화면에 보이는 괴물은 일단 느낌부터가 달랐다. 아까 녀석들이 인공적으로 만들어진 거라는 티가 팍팍 났다면, 지금 건 정말 어딘가 있는 걸 카메라로 찍어놓은 것 같았다. 그만큼 자연스러웠다.

"복장이나 형태도 신경을 좀 많이 썼습니다. 한국적인 느낌이 나도록 하려고 애를 좀 썼죠."

CG 책임자의 표정에는 자부심이 가득했다. 그는 고분 벽화나 민화까지 참조해서 한국적 형태와 색채를 구현하려고 했고, 현대에 모습을 드러내더라도 자연스럽게 보일 수 있는 느낌을 주려고 애썼다고 설명했다.

주혁이 보기에는 그의 노력이 빛을 발한 것 같았다. 정말 요물 같다는 느낌이 들었고, 이런 녀석과 싸운다면 박진감이 넘치겠다는 생각이 들었다. 게다가 외국 영화나 일본 애니메이션에서 본 것들과도 느낌이 달랐고.

만족스러워하는 건 다른 사람들도 마찬가지였다. 영상을 보고 있는 사람들이 전문가는 아니었지만, 잘 만들어진 거라는 사실은 알 수 있었다. 보는 내내 눈이 즐거웠고, 흥분되었다.

"이런 애들이 나오면 쌈박하겠는데?"

누군가의 말에 모두 고개를 끄덕였다.

이런 퀄리티라면 관객도 충분히 만족할 만했다.

특히나 감독은 몸이 들썩거리고 있었다. 빨리 이 녀석들을 화면에 집어넣고 싶어서 안달이 난 게 눈에 보였다.

사람들의 호평이 이어지자 근처에서 작업하고 있던 사람들의 머리와 어깨가 들썩였다. 작업자들은 그동안 작업하면서 쌓인 피로가 한 방에 날아가는 기분이었다. 크게 티는 나지 않았지만, 작업자들의 손놀림이 아주 경쾌해졌다.

밖으로 나와서 돌아오면서 사람들은 계속해서 아까 본 괴물들의 이야기를 했다.

주혁은 이야기를 듣기만 하고 생각에 잠겼다. 와이어 액션 연습을 할 때, 괴물과 싸우는 장면이 있었는데 상대가 어떤지 알 수가 없으니 느낌이 잘 오지 않았다.

그런데 아까 그 괴물을 앞에 두고 그런 액션을 하는 것을 상상하니 그림이 선명해졌다. 어떻게 움직이고, 어떤 포즈를 취해야 할지 감이 왔다.

재미있었다. 주혁의 머릿속에서는 공중을 날아다니며 괴물과 대결하는 전우치의 모습이 그려졌다.

괴물의 공격을 피해서 공중으로 치솟는 전우치.

지붕 위에 고양이처럼 부드럽게 착지하고는 자신을 향해 날아오는 괴물에게 봉을 내뻗는다.

괴물은 나동그라지고, 봉을 빙빙 돌리면서 포즈를 취하는 전우치.

주혁은 상상을 하면서 히죽거리며 웃었다.

"아니 뭔 생각을 하길래 그렇게 웃어?"

옆에 있던 감독이 옆구리를 툭툭 치면서 물었다.

주혁은 깜짝 놀라서 감독을 돌아보았다. 그러고는 멋쩍게 웃으면서 지금 상상한 장면을 이야기했다.

"때리고 나서 이렇게 포즈를 취하면 좋을 것 같아서요. 전우치 같은 캐릭터면 멋을 좀 부릴 것 같았거든요."

"잠깐, 잠깐. 주혁 씨, 그거 포즈 다시 한 번 좀 해볼래?"

감독은 주혁의 이야기에 흥미를 보였다. 확실히 전우치 특유의 포즈 같은 게 있으면 좋을 듯해서였다.

감독은 주혁의 포즈 여러 개를 보고는 수첩에 꼼꼼히 적어 놓았다.

다른 사람들은 잠시 관심을 보였다가 고개를 돌리고는 다시 서로 잡담을 나누었다.

"그런데 그거 봤어? 에덴의 동쪽이라고 요즘 하는 드라마."

"나는 못 봤는데, 우리 딸애가 난리던데?"

주혁은 감독과 이야기를 나누다가 에덴의 동쪽을 언급하는 소리를 들었다. 그리고 연기가 전반적으로 괜찮더라는 이야기도 들었다. 감독도 요즘 바빠서 보지는 못 했는데, 무척 재미있다는 이야기는 들었다고 했다.

특히 이태영의 연기가 화제였다. 그전까지는 발연기의 대명사와 같았던 사람이 놀라운 변신을 보여주었으니까. 기대치가 없는 상황에서 보아서 그랬을 수도 있었지만, 어찌 되었든 이 정도로 사람들에게 호평을 받는다는 건 뜻밖이었다.

주혁은 사람들의 이야기를 듣고는 오랜만에 TV를 보게 되었다. 바쁘게 지내느라 오랜만에 거실에 앉아서 리모컨을 들었다. 주혁은 드라마 자체보다 이태영의 연기가 궁금했다.

인터넷을 찾아보니 작품 전체가 호평 일색이었다. 아역들의 연기도 훌륭했고, 성인 연기자로 넘어와서도 계속해서 몰입된다는 이야기가 대부분이었다. 이태영의 연기에 대한 평도 비슷했다. 주혁이 알고 있던 이태영이 아닌 느낌이었다.

배역도 그리 단순한 캐릭터가 아니었다. 연기력이 필요하지 않은 캐릭터가 어디에 있겠느냐만 그동안 이태영이 잘해왔던 역할은 으스대기만 하는 재벌남 스타일이었다. 자신의 성격과 별다를 바 없는. 하지만 이 드라마에서는 그런 역할이 아니었다.

"다시는 일어나지 못할 줄 알았는데……."

주혁은 관심을 가지고 화면을 지켜보았다.

옆에는 덩치가 산만해진 미래가 앞발에 고개를 대고는 졸고 있었다.

그리고 드라마가 시작되었다. 잠깐 이야기가 진행되다가 제9회라는 글자가 나타났다 사라졌다.

"확실히 달라졌네."

드라마 자체가 흥미진진했다. 스토리도 스토리였지만, 배우들의 연기도 아주 볼만했다. 중견 배우들이 받쳐주고, 눈에 띄는 신인 배우들이 시선을 사로잡았다. 그리고 주인공인 두 형제가 극 전체를 강하게 끌고 나갔다.

잘될 수밖에 없는 드라마. 주혁이 드라마를 보면서 든 생각이었다.

주인공은 두 형제라고 할 수 있는데, 이태영은 동생 역을 맡았다. 주목을 받는 건 형을 맡은 배우였는데, 아무래도 강한 캐릭터라서 그런 듯했다.

하지만 주혁이 보기에 연기로만 따지면, 이태영이 한 수 위라고 보였다. 그의 연기가 작품을 안정적으로 만들고 있었다. 연기가 많이 좋아졌으리라 생각은 했지만, 이 정도까지 늘었으리라고는 미처 생각지 못했다.

이태영의 연기는 주혁에게도 아주 큰 자극이 되었다. 밑바닥까지 떨어졌다가 다시 올라와서인지 연기가 성숙해졌다. 예전같이 멋모르고 날뛰는 철부지가 아니었다. 자신이 그렇게 무시했던 사람이 보란 듯이 재기에 성공하니 느끼는 바가 컸다.

"히야, 세상은 역시 만만치 않네, 하기야 누구나 다 성공하고 싶을 테니까."

조금 실력이 있다고, 조금 인기가 있다고 제자리에 머물러 있으면 순식간에 따라잡힐 수도 있다는 생각이 들었다. 주혁은 마음을 추스르고 목표를 더 높이 잡기로 했다.

사실 상자를 사용하고 난 후 많은 발전이 있었다고는 보기 어려웠다. 지금처럼 있다가는 정체되어서 결국 도태될 수도 있다는 생각이 드니 정신이 아찔했다. 그리고 기왕 배우로 성공하기로 한 거 한번 제대로 해봐야 하지 않겠는가.

"그래, 국내에만 머물지 말고 할리우드까지 가자. 되든 안되든 일단 목표는 세계로!"

주혁은 주먹을 꽉 쥐었다. 지금까지는 막연하게 배우로 성공하는 것만 생각했었다. 그것만 이루어도 다행이라는 생각이었으니까. 그래서 배우로서의 성공만 보고 달려왔고, 이제는 거의 목표지점에 도달한 것 같았다.

그러니 이제는 목표를 다시 생각할 때가 된 것 같았다. 그렇지 않으면 계속해서 제자리에 머물러 있을 테니까. 그사이에 다른 사람들은 조금씩 자신과의 격차를 좁힐 것이고. 그래서 목표를 아주 높이 잡았다.

기왕 목표를 잡는 거, 아주 높게 잡았다. 그래야 발전도 있는 것이고, 더 열심히 노력하게 될 테니까. 목표를 이루었을 때 쾌감도 더 클 터이고.

그래서 결정했다. 세계적인 스타가 되리라고.

"그래, 맞아. 우리나라 배우라고 세계적인 스타가 되지 말라는 법 있어?"

일단 자신은 어학도 어느 정도 된다. 그리고 윌리엄 바사드라는 돈 많은 꼬붕도 한 명 있다. 거기다가 결정적으로 상자가 있지 않은가. 그러니 그런 목표를 세워도 꿈만은 아닐 것이다.

주혁은 왜 진즉 이런 생각을 하지 않았는지 후회했다. 일이 잘 풀리다 보니 너무 안일해졌었다는 생각이 들었다. 그래서 지금 세운 목표를 반드시 이루겠다는 다짐을 했다. 그러면서 바닥을 바라보았다.

"그런데 이 녀석은 동전 찾는 일이 언제나 끝나는 거야?"

상자는 아직 동전을 찾는 일이 끝나지 않았는지 아무런 말도 하지 않았다.

방바닥에 금고를 설치하고 거기에다가 상자를 넣어 놨다.

미스터 K의 말로는 매우 안전한 금고라는데 확실히 그런 것 같기는 했다. 자신도 열기 위해서는 홍채와 음성 인식 등 몇 가지 절차를 거쳐야 했으니까.

주혁은 아쉬움을 달래며 잠을 청했다. 그리고 바닥에 있는 금고에서 빛이 흘러나와 주혁의 몸속으로 스며들었다.

　　　　＊　　　　＊　　　　＊

　확실하게 목표를 잡고 나자 확실히 의욕이 넘쳐났다.

　주혁은 일어나자마자 운동부터 했다. 이제부터는 절대로 안주하지 않고 목표를 향해 달려갈 거라고 다짐, 또 다짐했다.

　그리고 생각해 보면, 가장 빠른 것이 액션 쪽인 것 같기는 했다. 어학이야 문제가 없다고 해도, 서양인 특유의 감성을 표현하는 건 전혀 다른 일이었으니까. 그러니 아무래도 처음에는 액션 쪽으로 문을 두드리는 편이 좋을 것 같았다.

　그리고 사실 목표를 그렇게 잡기는 했지만, 언제 이루어질지는 모르는 일이다. 그리고 자신도 아직 그쪽 영화나 드라마 시스템에 대해서 잘 모르기도 했고. 그러니 지금은 준비하는 단계라고 생각했다.

　아무런 준비 없이 무조건 도전할 수는 없는 일이다. 그런 건 자신의 스타일과도 맞지 않는다. 하지만 확실하게 준비가 되면, 그때는 과감하게 도전할 것이다. 세계무대를 향해서 힘차게 뻗어갈 것이다.

　"형님, 오셨습니까."

　그런 생각을 하는 사이에 벌써 회사에 도착한 모양이었다. 장백이의 우렁찬 목소리가 들렸다.

주혁은 웃으면서 장백이의 어깨를 툭툭 두드리고는 기 대
표의 방으로 향했다.

기 대표는 활짝 웃는 얼굴로 주혁을 맞이했다.

"요즘 중국에서 요청이 너무 많이 오네, 애들도 그렇고 꼭
자네도 같이 와달라고 해서 아주 죽을 맛이야."

죽을 맛이라는 사람의 표정치고는 지나치게 밝았다. 하지
만 영화 촬영 때문에 모든 요청에 응할 수는 없었다. 물론 주
혁이 가는 것과 아닌 것이 차이가 있다는 건 알고 있었지만,
가능하면 아이들 스스로 힘으로 일어서기를 원했다. 필요하
면 도움이야 주겠지만.

그리고 많이 들어오는 건 중국에서의 요청만이 아니었다.
주혁에게 보내는 팬들의 선물도 급격하게 증가했다. 그것도
국내 팬만 보내오는 게 아니라 해외에서도 선물이 도착하고
있었다.

기 대표는 인터폰으로 주혁에게 온 선물을 가지고 들어오
라고 했는데, 그 양이 어마어마했다. 종류도 아주 다양해서
별별 것들이 다 있었다. 정성이 담긴 물건부터 상당히 비싸
보이는 물건까지.

"이거 다 어떻게 하죠? 너무 많기도 하고, 또 제가 다 쓸 수
도 없을 것 같은데……."

주혁은 반복되는 하루 동안 많은 걸 준비한 상태였지만, 설

마하니 이런 일까지 생기리라고는 생각하지 않아서 어떻게 해야 할지 고민이 되었다.

"이번에 팬클럽에서 밥차도 준비한다고 하더라고. 언제 가면 좋겠냐고 물어왔어."

팬클럽의 규모가 커지더니 확실히 체계적으로 움직였다. 워낙 인원수가 많아지다 보니 이제 밥차 정도는 문제가 아니었다. 하지만 주혁은 너무 부담스러운 금액을 사용하는 건 바라지 않았다.

"정성이 들어간 건 고맙게 받고, 비싼 건 하지 말라고 해야겠어요. 저야 돈도 많은데 받아서 뭐하겠어요. 차라리 그 돈으로 어려운 사람들을 돕는 게 의미 있지."

"자네가 그렇게 나올 줄 알았어. 좋을 대로 해. 내가 준비는 시킬 테니까 자네가 팬클럽이나 블로그 같은 데는 직접 글 올리고."

"예, 그러죠."

주혁을 잘 아는 기재원 대표는 그렇게 나올 줄 알고 있었다는 듯 말했다.

주혁은 선물을 보면서 확실히 자신이 스타가 되었다는 걸 느꼈다. 하지만 자신이 원하는 건 지금이 끝이 아니었다.

더 높은 곳을 향해서 걸어가는 그의 행보는 이제부터 시작이었다.

*　　*　　*

원래 예정대로라면 촬영에 들어가야 했지만, 준비 기간이 길어지고 있었다. 아바타의 영상을 본 이후로 이 영화와 관련된 모든 사람이 전체적인 퀄리티를 높여야겠다고 생각했기 때문이었다. 그래서 준비에 더 공을 들이고 있었다.

무술과 액션도 더 박진감 있고 임팩트 있게, CG도 정말 자연스럽고 생동감 있게 만들기 위해 노력했다.

주혁도 와이어 액션과 봉술을 자유자재로 구사하기 위해서 무술 팀과 함께 구슬땀을 흘리고 있었다.

"이야, 이제는 정말 무술 팀 멤버보다 낫네."

무술 감독이 주혁에게 다가와서 이야기했다. 그가 보기에 주혁은 완전히 감을 잡았다. 와이어를 달고 움직이는 게 결코 쉬운 게 아니다. 처음에는 주혁도 굉장히 어설픈 움직임을 보였다. 그런데 곧바로 요점을 캐치했다.

무술 감독은 확실히 주혁이 머리가 좋다는 걸 그때 알아보았다. 몇 번 해보더니 어떻게 움직이니까 자신이 몸을 어찌해야 되는지 알아챘다. 그런 건 와이어 액션을 할 때 어떤 자세를 하는지, 어떤 타이밍에 어떤 움직임을 보이는지를 보면 알 수 있다.

'머리만 좋은 게 아니지, 운동신경도 이 정도면 괴물이지.'

자신이 지금까지 수많은 배우가 와이어 액션을 하는 걸 보아왔는데, 잘하는 경우가 몇 있었다. 운동신경이 좋아서 잘 적응해서 그리되는 경우도 있었고, 머리가 좋아서 어떤 움직임을 해야 되는지 계산하고 움직여서 그리된 경우도 보았다.

하지만 이렇게 두 가지를 모두 가지고 있는 경우는 처음 보았다.

거기다가 체격적인 조건도 너무 좋았다. 팔다리도 길쭉길쭉하고 몸도 잘 빠졌다. 같은 자세를 해도 주혁이 하면 무언가 분위기가 있었다.

속된 말로 간지가 작살이었다.

현장에는 연습 장면을 카메라에 담고 있는 스태프가 있었는데, 없어도 될 것 같은 여자 스태프들이 꼭 같이 따라왔다. 그러고는 입을 벌리고는 주혁의 연습 장면을 구경했다.

하기야 남자인 자신이 보아도 어떨 때는 넋이 나갈 정도였는데, 여자들이야 오죽하겠는가. 그래서인지 정예진도 연습하러 왔다는 핑계를 대고는 이곳에 자주 왔다.

"이제 조금 익숙해지는 것 같네요. 다들 잘해주셔서 그런 것 같아요."

주혁이 밝게 웃으면서 이야기했다.

사람들은 주혁의 이야기를 듣고 웃음 지었다. 보통 의례적으로 이런 말을 한다. 뭐 이런 말도 하지 않는 싸가지 없는 인간들도 있기는 했지만, 일반적으로 이런 인사치레 정도는 한다.

그런데 주혁의 말은 달랐다.

듣는 사람의 입에 저절로 미소가 그려졌다. 밝게 웃는 표정을 하고 다가와서는 하이파이브를 하면서 이런 말을 해서 그럴지도 모르겠다. 그리고 땀을 흘리고 사람들과 같이 바닥에 철퍼덕 주저앉아서 스스럼없이 음료수를 마시면서 이야기를 해서 그럴지도 모른다.

진솔한 이야기라는 게 느껴지니까 같은 말이라도 마음이 푸근해지고 친밀감이 느껴졌다. 사실 느껴진다는 것도 조금 이상한 표현이었다. 주혁이 말하는 걸 들으면 그 말이 진실인지 거짓인지 생각하지 않게 되었다.

그런 생각은 조금이라도 거짓이라는 생각이 들 때 떠오르는 거였다. 주혁의 말에서는 그런 것이 전혀 없었으니까 모두들 자연스럽게 받아들였다. 그래서 연습을 하는 내내 분위기는 최고였다.

하루에 와이어를 셀 수도 없이 당겨서 땀으로 범벅이 되었지만, 모두들 유쾌하고 즐거운 기분으로 일했다. 일어나면 근육이 땅기는 걸 느꼈지만, 그래도 연습장으로 가고 싶었다. 오늘은 얼마만큼 놀라운 장면을 보여줄지 기대가 되었다.

"이번에는 봉을 들고 해볼게요. 괜찮겠죠?"

"물론이지. 자, 다들 일어나."

사람들은 고개를 흔들었다. 즐겁고 기분이 좋긴 했지만, 몸이 힘들지 않은 건 아니었다. 하지만 이번에는 어떤 모습을 보여줄지가 기대되었다. 주혁은 연습을 하면서 하루하루가 달라졌다. 특히나 자세가 굉장히 좋아졌다.

사람들은 잘은 모르지만, 연습하는 장면을 화보로 찍어도 될 것 같다고 수군거렸다. 시커먼 남자들이 보기에도 아주 죽여줬다. 다들 영화에서 이런 장면만 계속 나와도 돈 주고 보러 갈 것 같다고 할 정도였다.

'아니야. 이 정도에서 만족하면 안 돼. 더 발전해야 해. 지금 상태에서 만족하면 세계무대로 나가는 건 더 늦춰지게 될 거야.'

주혁은 끊임없이 자신을 채찍질했다. 조금이라도 더 좋은 장면, 관객의 눈길을 사로잡을 수 있는 그런 모습을 보여주기 위해서 계속해서 생각하고 다른 시도를 했다. 그러면서 계속해서 발전하고 있었다.

"자, 여기서 저 위로 올라가는 건데, 봉을 회전하면서 가는 겁니다. 그리고 착지하면서 자세 잡는 거 알죠?"

"예, 준비됐습니다."

무술 감독이 신호를 주자 주혁이 몇 걸음 뛰다가 공중으로 뛰어올랐다. 그러자 사람들이 와이어를 당기기 시작했다. 손발을 계속 맞춰왔던 터라 이제는 호흡에 문제가 생기는 경우는 거의 없었다.

공중을 부드럽게 날아가면서 주혁은 오른손으로 봉을 돌렸다. 그냥 지상에서 봉을 돌릴 때와는 또 달랐는데, 봉이 와이어에 걸리지 않게 각도를 조절해야 했기 때문이었다. 그래도 그동안 연습한 게 보람이 있었는지, 날아가는 포즈를 취하면서도 봉을 자유자재로 다루었다.

"우와~"

사람들의 탄성이 터졌다.

봉이 오른손에서 돌다가 자연스럽게 왼손으로 넘어갔다. 그리고 다시 오른손으로 넘어왔다. 그것도 아주 자연스럽게. 그런데 참 이상한 건 무언가 굉장한 일이 일어난 것 같은 느낌이 든다는 거였다.

'뭐지? 아니 그냥 봉을 돌리는 건데 어떻게 저런 간지가 나오는 거야?'

한쪽 구석에서 여자들의 꺅꺅대는 소리가 들렸다. 강세홍 무술 감독은 어이가 없었다. 물론 마냥 쉽기만 한 동작은 아니다. 하지만 지금 사람들이 탄성을 내지르는 건 어려운 동작을 해서가 아니었다. 주혁이 그 동작을 하는 모습 자체가 아름답고 멋스러워서 그런 거였다.

자신도 저런 동작을 할 수 있었다. 하지만 아마도 지금과 같은 탄성은 터지지 않을 것이다. 저건 무술인의 영역이 아니었다.

사람들의 시선을 빼앗고 희열을 줄 수 있는 특별한 재능을 가진 자의 능력이었다.

"부럽네, 부러워."

정말 부러웠다. 사람들의 환호와 열광을 한 몸에 받을 수 있는 특별한 재능. 얼마나 부러운 능력인가.

강세홍이 그런 생각을 하는 사이 공중에 떠가던 주혁은 사뿐하게 착지했다. 그리고 두 손으로 봉을 잡고는 절도 있게 자세를 취했다.

사방에서 박수 소리가 들렸다.

주혁은 아래로 내려갈 준비를 하다가 누군가가 인사를 하는 소리를 듣고 고개를 돌렸다. 소리는 출입구 근처에서 났는데, 거기에는 지동훈 감독이 서 있었다. 주혁은 가볍게 고개를 숙여서 인사했다.

며칠 동안 촬영 준비 때문에 이곳에 오지 못했는데, 오늘은 시간이 난 모양이었다. 주혁이 내려오자 감독이 황급하게 달려왔다.

"주혁 씨, 주혁 씨, 지금 이 장면, 한 번 더 볼 수 있어?"

"지금 한 거요? 그럼요."

노래를 부르면서 돌아갔다.

그날 끊임없이 연습하는 주혁 때문에 사람들은 엄청나게 고생을 했다. 하지만 땀을 훔치는 사람들의 얼굴에서 웃음이 떠난 적은 없었다.

*   *   *

주혁이 뜻밖의 연락을 받은 건 문경새재로 촬영을 떠나는 날 오전이었다. 보통은 회사를 통하는 경우가 대부분이었지, 직접 전화가 오는 경우는 드물었다. 주혁은 모르는 전화번호라서 고개를 살짝 기울이고는 전화를 받았다.

"여보세요?"

—강주혁 씨 전화 맞습니까?

"예, 그렇습니다만. 누구시죠?"

—저는 원재훈 PD라고 합니다.

자신을 방송국 PD라고 소개한 원재훈이라는 사람은 주승우를 통해서 주혁의 전화번호를 받았다고 이야기하고는 이렇게 갑자기 전화한 것에 대해서 양해를 구했다.

"예, 그런데 무슨 일이시죠?"

—지금 기획하고 있는 예능 프로그램이 있는데, 혹시 출연이 가능하신가 해서요.

원재훈 PD는 공포의 외인구단이라는 예능 프로그램을 기획하고 있다고 했다. 일반인 중에서 야구에 도전하고 싶은 사람들을 선발해서 사회인 야구 리그에 도전하는 프로그램이라고 했다.

그리고 일반인들만 나올 경우 흥미를 끌기 어려우니 연예인 중에서 실력 있는 사람들을 선발해서 팀에 합류시켜서 같이 사회인 리그에 도전하게 한다는 생각을 하고 있었다. 나름대로 괜찮다고 생각한 건 일반인에게 새로운 기회를 준다는 점이었다.

사연이 있어서 그만두어야 했던 사람. 도전하고는 싶지만, 사정상 여력이 안 되는 사람. 온갖 경우의 사람들이 모일 것이다. 그리고 그중에서 원석을 찾아서 프로 출신의 코칭스태프에게 훈련을 받게 한다는 것이다.

―그래서 연예인 중에서는 실력이 어느 정도 되는 분들만 저희가 선발하기로 했습니다. 아무래도 팀 전력에 보탬이 될 수 있어야 하니까요.

하기야 연예인이 팀의 애물단지가 되어서는 프로그램의 취지에 맞지 않았다. 그러니 실력 있는 사람들만 모으고 있다는 거였다. 지금 세 명 정도가 합류하겠다고 했는데, 모두 연예인 야구단 활동을 하는 사람들이었다.

그리고 몇 명이 물망에 올라 있다고 했다. 주혁도 그중 한 명이었다. 사실 주혁이 영입 1순위였다. 최근 가장 주목받고 있는 배우인 데다가 강속구 시구는 전 국민이 다 아는 일이었다. 당연히 합류만 한다면 시청률은 떼놓은 당상이었다.

—이게 내년 봄 개편 이후로 방송될 예정인데요, 준비는 내년 초부터 들어가야 할 것 같아서요. 물론 본격적인 건 내년 3월 정도 될 겁니다.

PD는 잔뜩 긴장한 듯 자주 입맛을 다셨다. 아마도 입이 바짝바짝 마르는 듯했다.

하지만 주혁의 대답은 정해져 있었다.

"죄송하네요. 지금 작품에 들어가서요. 내년 5월까지는 촬영 일정이 있어요. 아쉽지만 이번에는 어렵겠네요."

주혁은 정중하게 거절했다. 사실 너무 가벼운 것도 아니고, 의미도 나쁘지 않아서 해도 좋겠다는 생각은 있었다. 하지만 시간이 맞지 않으니 어떻게 할 방법이 없었다.

—그러면 나중에라도 시간이 되시면 합류하실 의향은 있으신 건가요?

PD는 작품이 끝나고라도 꼭 참여했으면 좋겠다는 이야기를 했다.

주혁은 잠깐 생각하다가 대답했다.

"촬영이 끝나고 시간이 되면 긍정적으로 생각해 보겠습니다."

―감사합니다. 그럼 촬영 잘하시고 내년에 꼭 함께했으면 좋겠습니다.

주혁은 그다지 감사할 것도 없는 말인데 너무 좋아하자 당황스러웠다.

사실 주혁은 자신의 위치를 아직 실감하고 있지 못했다. 이미 주혁은 방송가 섭외 순위에서 톱클래스에 속하는 인물이었다.

추적자로 확 순위가 올라갔다가 영화는 영화다로 인해서 당대의 톱스타들과 어깨를 나란히 하고 있었다. 그만큼 핫한 배우가 바로 강주혁이었다.

"악동 클럽 같은 오디션 프로그램에다가 예능을 섞은 건가? 나쁘지 않을 것 같은데?"

상당히 흥미로웠다. 영화나 드라마도 마찬가지지만 예능도 똑같다. 한두 줄로 정리된 내용을 들었을 때 무언가 오는 게 있어야 한다. 그게 없다면, 성공할 확률은 높지 않다고 보아도 된다.

그런데 공포의 외인구단 같은 경우에는 느낌이 확 왔다. 물론 지원하는 사람들이 실력과 사연도 중요하고 참여하는 연예인, 가르치는 코칭스태프 모두 중요하다. 하지만 무엇보다 신선했고, 이야기를 들었을 때 보고 싶다는 생각이 들었다.

"영화 끝나고 시간이 되면, 해보는 것도 나쁘지 않겠어."

주혁은 장백과 윤미가 기다리고 있는 차로 걸어가면서 중얼거렸다.

*   *   *

감독은 자신이 원하는 장면을 찍고 싶어 하지만, 항상 그럴수는 없다. 예산이 부족하기 때문이다. 그래서 조금만 더 예산을 사용하면 좋은 장면을 찍을 수 있을 텐데 하는 아쉬움이 남을 때가 많다. 하지만 언제나 예산은 정해져 있고, 그 안에서 모든 걸 해결해야 한다.

그런 걸 조율하는 것이 프로듀서의 일 중 하나다. 어떻게든 쓸데없는 곳에 예산이 낭비되는 것을 줄이려고 한다.

전우치의 경우도 예외는 아니다. 더군다나 180억 원이라는 많은 예산이 투입되는 만큼 그것을 관리하는 사람이 받는 부담도 컸다.

그런데 자꾸만 투자자가 관여했다. 사실 제작사 측에서는 영화 촬영에 들어가면 가능하면 투자자의 간섭을 막으려고 한다. 투자자의 입김이 강해지면, 영화가 산으로 가는 경우가 많기 때문이다.

그래서 투자자가 촬영장에 오는 것을 말릴 수는 없지만, 그것을 좋아하는 사람은 많지 않다. 촬영에 방해되기 때문이다.

하지만 지금 와 있는 외국계 투자회사의 담당자는 뭔가 좀 달랐다. 그의 말대로 전폭적인 지원을 위해 이 자리에 와 있는 사람이었다.

"아니, 내가 영화 찍으면서 이런 경우는 처음 본다니까요. 아니, 들은 적도 없어요."

"그러게나 말이야. 저런 투자자만 있으면 정말 편할 텐데 말이야. 요즘 같기만 하면 촬영장에 매일 나와도 좋겠어."

감독과 프로듀서는 즐거운 표정으로 대화를 나누었다. 이번에 투자자가 추가로 예산을 투입했기 때문이었다. 말뿐이라면 믿지 않을 수도 있었다. 하지만 어딘가에 연락하더니 조금 후에 계좌로 바로 입금되었다.

프로듀서는 영화계 생활을 오래 했지만 이런 경우는 처음 들었다. 그리고 주변 사람들에게 말해도 아무도 믿지 않을 것이다. 아마도 앞으로도 이런 경우는 없을 것이라는 게 그의 생각이었다.

"기분은 좋아요. 이게 다 이 작품의 가능성을 높게 보고 있다는 거니까요."

감독의 말에 프로듀서가 맞장구쳤다.

"하긴, 그러니까 이렇게 적극적으로 투자를 하는 거겠지? 확실히 외국 회사가 통이 크긴 해. 그리고 이거 아시아권에 수출하는 데 도움을 주겠다고 하더라고. 아는 루트가 있다면서."

"그래요? 하긴 그 정도 비전을 가지고 있으니까 팍팍 밀어주는 거겠죠?"

"그런 것 같아. 또 이런 분야가 한번 터지면 굉장히 짭짤하잖아. 아마도 거기 고위층 누군가가 이 영화에 꽂힌 것 같아."

옆에서 감독과 프로듀서의 이야기를 듣고 있던 주혁은 피식 웃었다. 완전히 틀린 건 아니었지만, 실상은 조금 달랐다. 자신은 이게 왜 이렇게 흘러가는지 잘 알고 있었다. 이게 모두 윌리엄 바사드 때문에 벌어진 일이었다.

윌리엄 바사드는 주혁에 대해서 아낌없는 투자를 하라고 지시했다. 그러면서 조금의 문제도 생기지 않게 주변까지 돌보라는 명령도 함께 내렸다. 영화나 소속사를 포함한 모든 분야에 있어서.

당연히 바사드 투자회사에서는 전력을 기울여서 그 업무에 집중했다. 원래 그러려고 만들어진 회사였으니까. 그래서 바사드 투자회사에서 아예 직원 한 명이 배속되어서 촬영장에서 거의 살다시피 했다.

그리고 무언가 문제가 있으면 확인하고 곧바로 바사드 투자회사에 보고했다. 이번 예산 지원도 촬영장에서 나온 이야기를 듣고는 직원이 바로 보고해서 그리된 거였다.

"내가 그렇게 돈이 전부가 아니라고 말을 했는데……."

하지만 사람들이 좋아하는 모습을 보니 말릴 수도 없었다. 돈이 전부는 아니지만, 많을수록 좋긴 한 거니까.

주혁은 슬쩍 투자회사에서 나온 직원에게 다가갔다.

"자주 오지 말라니까."

"그럴 수는 없습니다, 마스터."

골치가 아픈 건 이 인간이 아주 똘아이라는 점이었다. 주혁의 말을 잘 듣기는 하는데, 그가 가장 우선시하는 건 윌리엄 바사드의 명령이었다. 그는 윌리엄의 광신도 같은 자였다. 투자회사의 대표도 약간 그런 게 있었는데, 이 녀석은 더했다.

알고 보면 그럴 만하기는 했다. 예전에 그가 살던 마을 전체가 사라질 뻔한 적이 있었는데, 윌리엄 바사드가 도움을 주어 전부 살아났다는 거였다. 그러니 그 마을 사람들에게 있어서 윌리엄 바사드가 신이나 마찬가지인 건 당연했다.

그리고 그 마을 출신인 카브리, 지금 주혁의 앞에 있는 이 남자도 윌리엄 바사드를 신처럼 떠받들고 있었다. 그래서 주혁이 매일은 오지 말라고 했지만, 듣지 않았다. 조금의 문제도 있으면 안 된다면서.

"꼭 필요하면 몰라도 이런 식으로 퍼주는 건 별로 좋지 않아."

"윌리엄 바사드 님께서 말씀하시길, 주혁 님이 주인공인 작품이니 결코 소홀해서는 안 된다고 하셨습니다."

카브리는 무슨 씨알도 먹히지 않을 소리를 하느냐는 투였다. 돈은 충분하니 얼마든지 주겠다는 표정이었다.

덕분에 지금 문경새재에 있는 세트장은 조경 공사가 한창이었다. 건물은 지어져 있었지만, 나무라든가 바위라든가 꾸밀 게 많았다. 예산을 많이 잡아먹어서 적당히 하려고 했는데, 투자자가 나서서 제대로 하라고 하니 영화를 만드는 사람으로서는 고마울밖에.

"그리고 사실 윌리엄 바사드 님께서는 크게 마음 아파 하셨습니다. 주혁 님이 이런 저예산 영화에 출연하신다는 걸 알고 말입니다."

주혁은 어이가 없어서 그저 웃을 수밖에 없었다. 그리고 설득하는 걸 포기했다. 이 인간은 무슨 말을 해도 절대로 흔들릴 인간이 아니었다. 무슨 일이 있어도 윌리엄 바사드의 명령을 수행할 놈이었다. 애초에 논리적인 이야기가 통할 상대가 아니었다.

"200억 원이 들어가는 영화가 저예산 영화라니."

주혁은 고개를 절레절레 저으면서 촬영장을 향해 걸어갔다. 사실 외국의 블록버스터 영화에 비하면 터무니없이 적은 금액이기는 했지만, 국내 영화로는 엄청난 자본이 들어가는 영화였다. 저예산 영화라고 불릴 정도는 아니었다.

하지만 똑같은 것을 보고도 사람에 따라 생각은 다른 법.

그냥 그러려니 하고는 넘어갔다. 그것보다는 오늘 있을 촬영이 주혁에게는 더 중요했다. 그는 세트장으로 지어진 대감 집을 향해서 걸어갔다.

스태프들이 촬영 준비를 하느라 한창 바쁘게 움직이고 있었다.

주혁은 인사를 하면서 무술 감독이 어디에 있는지 찾았다. 오늘은 액션 장면이 많아서 준비할 게 많았다. 와이어 액션 장면도 아주 많았고.

평소라면 스태프 작업하는 것도 좀 돕고 그랬을 테지만, 오늘은 준비를 철저하게 하는 게 우선이었다.

걸어가다 보니 대감 집 마당에서 무술 팀과 한창 이야기 중인 무술 감독 강세홍의 모습이 보였다.

"감독님."

"어, 주혁 씨, 안 그래도 부르려고 했는데. 마침 잘 왔네."

주혁과 무술 팀은 오늘 있을 액션에 대해서 체크했다. 다른 것보다 와이어 액션이 중요했다. 그래서 미리 리허설도 했다. 실전에 들어가기 전에 무슨 문제가 있는지 체크하는 편이 좋았으니까.

사실 주혁은 머릿속으로 장면을 잘 그리는 편이었다. 그래서 동작이나 자세가 무척 깔끔하고 멋있었다. 하지만 리허설이 왜 필요한지 해보니까 알 수 있었다.

"어, 조심해."

주혁은 비틀거리다가 간신히 자세를 잡았다. 한옥의 지붕 위로 뛰어 올라가는 장면이었는데, 기와가 전부 얼어서 대단히 미끄러웠다. 주혁이 넘어지지 않은 건 운동신경이 워낙 좋아서였다. 이런 거야 직접 해보지 않고서는 어떻게 알 수 있겠는가.

"우와, 이거 장난 아닌데요? 아직 해가 떨어지기도 전인데도 이런데, 해 떨어지면 더 꽝꽝 얼겠어요."

정말 생각지도 못한 문제였다. 주혁은 이대로는 너무 위험하다고 이야기를 하고는 내려와서 사람들과 해결책이 뭐가 있을까 같이 고민했다. 이대로는 중심 잡기도 어려워서 촬영을 제대로 할 수 없어서였다.

"어떻게 하지? 그렇다고 얼어붙은 걸 전부 녹일 수도 없는데……."

"신발 바닥을 미끄럽지 않은 걸로 하면 좀 나을까요?"

몇 가지 아이디어가 나왔는데, 별 소용이 없는 것들이었다. 주혁은 다른 것보다 자세를 제대로 할 수 없다는 게 가장 신경이 쓰였다. 발이 고정되지 않으니 하고 싶어도 할 수가 없었다.

"발만 어떻게든 고정이 되면 괜찮을 것 같은데……."

주혁의 말을 듣고는 누군가가 이야기했다.

"아, 그럼 위에다가 모래주머니 같은 걸 좀 얹어 놓으면 어떨까요? 그리고 나중에 CG로 지우면 되잖아요."

다들 서로의 얼굴을 쳐다보았다. 나쁘지 않은 아이디어였다.

"괜찮은 것 같은데요. 일단 한번 테스트해 볼까요?"

주혁의 말에 곧바로 준비가 시작되었다. 지붕 위에 모래주머니를 얹어 놓고 와이어 액션을 해 보았다. 아무래도 심리적으로도 안정되었고, 확실히 효과가 있었다. 대신에 자신의 움직임에 따라서 모래주머니의 위치를 잘 계산할 필요는 있었다.

"여기하고 여기에 더 놓죠. 아. 그리고 여기는 조금 넉넉하게요."

주혁은 같이 지붕에 올라가서 동선을 생각하면서 모래주머니의 위치를 조정했다. 그리고 다시 리허설을 해보았다. 이미 해가 뉘엿뉘엿 넘어가고 있었다.

주혁은 정예진이 도착한 것을 보고 손을 흔들었다.

정예진은 주혁이 연습하는 걸 보면서 걸어갔다. 그러다가 발걸음을 멈추었다. 아니, 멈출 수밖에 없었다.

붉은 석양을 받으면서 하늘로 올라가는 주혁의 모습이 그녀의 눈에는 슬로우 비디오로 보였다. 정말 인간이 아니라 신이 빚은 조각품 같다는 생각을 했다.

사실 주혁이 매력적인 외모를 가지고 있기는 하지만, 그 정도 외모를 가진 사람은 꽤 있다. 배우 중에도 있고, 모델 중에도 있다. 하지만 저 움직임과 표정. 현실에 없을 것 같은 저 모습은 그 누구도 흉내 낼 수 없는 거였다.

　정예진은 갑자기 현기증을 느끼고 비틀거렸다. 호흡이 가빠지고 머리가 어지러웠다. 다행히도 바로 옆에 있는 벽이 있었기에 망정이지 그렇지 않았더라면 넘어졌을지도 모르는 일이었다. 그녀는 재빨리 벽에 기대서 숨을 골랐다.

　"같이 붙어서 연기를 한 것도 아니고……."

　그녀는 숨을 내쉬면서 중얼거렸다. 간혹 사랑에 빠지는 연기를 할 때는 상대에게 진한 감정을 느끼는 경우가 있다. 하지만 그냥 공중을 날아가는 모습만 보고 이렇게 되리라고는 생각지도 못했었다.

　"푸훗~"

　그녀는 갑자기 엉뚱한 생각이 들었다. 만약에 주혁이 정말 마음먹고 여자들을 후리고 다닌다면, 넘어오지 않을 여자가 없을 것 같았다. 그런데 막상 둘이 있을 때 이야기를 해보면 엄청나게 순진한 것 같기도 했다.

　"아니지. 순진한 것보다는 순수하다고 해야 하나? 연기만 아는 그런 사람."

　정예진은 정신을 차리고 몸을 곧추세웠다. 그리고 주혁이 있는 곳으로 걸어갔다. 주혁은 와이어를 풀고 있었는데, 얼굴에는 아주 만족스러운 웃음을 머금고 있었다.

"좋은 일 있나 봐요?"

"문제가 있었는데, 해결책을 찾았어요."

주혁은 와이어를 풀고는 정예진에게 지붕 위가 얼마나 미끄러웠는지, 그리고 모래주머니를 어떻게 배치했더니 움직이기가 좋았다느니 하는 이야기를 했다. 주혁은 자세까지 취하면서 이야기했다.

정예진은 그런 모습을 보면서 환하게 웃었다. 주혁의 이런 모습이 좋았다. 여자에게 와이어 액션을 할 때 모래주머니를 지붕 어디다 두어야 좋다는 이야기나 하는 바보 같은 모습이. 그 순수한 열정을 간직한 모습과 이마에 맺혀 있는 약간의 땀방울이.

*   *   *

"액션."

감독의 신호에 촬영이 시작되었다.

"허엇차."

주혁은 자연스럽게 뒤로 점프하면서 담벼락 위로 사뿐하게 올라섰다. 그 모습에 지동훈 감독과 무술 감독이 '키야~' 하는 나지막한 탄성을 뱉었다. 확실히 주혁은 카메라에 자신의 모습이 어떻게 나올지 아는 배우였다.

와이어 액션에서 가장 중요한 것은 와이어 액션이라는 티를 안 내는 거였다. 보는 사람들이 '에이, 저거 와이어 액션이네.' 하는 순간 영화는 끝장나는 거다. 하지만 주혁의 모습을 보고 있으면 그런 생각이 전혀 들지 않았다.

촬영감독도 집중하고 있었다. 정말 주혁이 나오는 장면은 별다른 연출 없이 그가 하는 것만 쭉 보여주어도 그 자체로 예술이었다.

지금 이 와이어 액션도 그렇다. 움직임과 표정을 말할 것도 없었고, 바람에 펄럭이는 옷가지와 소매까지 사람들의 시선을 잡아끌었다.

주변이 보이지 않고 오로지 배우에게만 시선이 모였다. 이런 사람이 정말 배우구나 하는 느낌이 확 왔다.

그래서 촬영감독도 현란한 카메라의 움직임을 주기보다는 주혁에게 집중해서 촬영했다.

원재료가 맛있는데, 굳이 쓸데없는 양념을 많이 칠 필요가 있겠는가. 그냥 그 모습만 제대로 카메라에 담는 편이 지금 상황에서는 가장 좋다고 판단했다.

그리고 촬영감독의 판단은 정확했다.

모두의 시선을 집중시킨 주혁은 담벼락에 올라서서 부적을 한 장 꺼내 들고는 포즈를 취했다.

"나도 이제부터 좀 변해볼까."

잘못 말하면 손발이 오그라들 수 있는 그런 말이었지만, 주혁은 문장에 담긴 미묘한 맛을 기가 막히게 살렸다. 능청스러우면서도 여유가 넘치는 그런 느낌. 그래서 사람들의 귀에는 매력적이고 멋들어지게 들렸다.

CHAPTER **36**
청룡영화상

"어때?"

감독은 화면을 보고는 주변을 둘러보면서 말했다. 잔뜩 들뜬 표정은 그가 질문하는 게 아니라는 사실을 보여주고 있었다.

"CG 입혀 봐야 알겠지만, 좋네요. 카하, 정말 좋네요."

"뭔 소리야. 그냥 봐도 알겠구만. 주혁 씨 움직임도 움직임이지만, 괴물이 어떤 식으로 움직일지가 그려지지 않아?"

CG 책임자의 말에 촬영감독이 타박을 주었다. 화면에는 괴물이 보이지 않았다. 당연히 나중에 CG 작업을 해야 한다.

그런데도 주혁의 움직임과 시선, 동작을 보고 있자니 마치 괴물이 마구 움직이고 있는 것처럼 느껴졌다.

물론 콘티에 괴물의 움직임이 그려져 있기는 하다. 하지만 주혁의 액션을 보고 있으면 괴물이 실제로 어떻게 움직이는지까지 전부 생각하고 움직인다는 걸 알 수 있었다. 고개를 돌리고 시선을 두는 것만 봐도 그렇다.

자세를 취할 때는 확실하게 자세를 취하지만, 시선은 거의 항상 괴물을 뒤쫓고 있었다. 실제로는 허공이었지만, 지금 괴물이 어디로 움직이고 있다는 걸 머릿속으로는 전부 그리고 있다는 거였다.

말이 쉽지 그게 어디 마음먹은 대로 되는 일인가. 생각은 그렇게 해야 한다고 하더라도 실제로 움직이다 보면 그렇게 되지 않기가 십상이다.

"아까 장면이야 쫄쫄이가 붙었으니까 그렇다지만, 지금 액션은 진짜야. 저거 쉽지 않은 거라고."

무술 감독이 거들고 나섰다.

바로 전 장면은 괴물 대역을 하는 사람이 있었다. 검은 쫄쫄이를 입고 손에만 괴물 손을 들고는 괴물 흉내를 내는 거였다. 그러면 배우는 연기하기가 훨씬 편하다. 아무래도 눈에 무언가라도 보이니까.

하지만 지금 장면은 주혁 혼자서 움직였다. 아무도 없는 허공에 괴물이 어떻게 움직인다는 걸 가정하고 연기하는 건 생각만큼 만만치 않은 일이다. 모르는 사람이 보면 정말 달밤에 체조한다는 말이 나올 법한 광경인 것이다.

하지만 주혁의 집중력이 빛을 발했다. 콘티를 보고 이 화면을 보면 정말 괴물이 날아다니면서 주혁과 싸우고 있는 모습이 떠올랐다. 그것도 아주 속도감 있고 박진감 있는 장면이.

CG 책임자는 손이 근질근질했다.

어서 작업해서 장면을 완성하고 싶은 욕망이 가슴 밑바닥에서부터 꿈틀거렸다. 지금 괴물 없이 주혁만 있는데도 화면이 괜찮았다. 그러니 지금 만들어놓은 괴물을 저 안에다가 집어넣으면 과연 어느 정도 장면이 나올지 자신도 알고 싶었다.

"항상 촬영장 근처를 왔다 갔다 하는 게 아마도 그런 거 생각하면서 다니는 걸 거야. 전에 그렇게 하면서 이미지를 만든다고 하더라고."

감독의 이야기에 사람들이 몰랐다는 듯 오오 하는 소리를 내뱉었다.

"어쩐지 세트장 주변을 계속 돌아보더라고요. 나는 그냥 쉬면서 구경하는 줄 알았는데……."

"나도 처음에는 그런 줄 알았는데, 주혁 씨는 쉬질 않더라고. 그냥 쉬는 것처럼 보여도 얘기해 보면 뭔가를 계속 하고 있더라니까."

　사람들은 주혁의 재능에 대해서 높이 평가하고 있었다. 그 나이에 이런 연기력을 보여주기 쉬운 게 아니었다. 그리고 육체적인 능력도 굉장했다. 정말 운동신경도 엄청났고, 체력도 끝내줬다. 정말 건전지 CF에 나오는 백만돌이 같은 사람이었다.

　그래서 주혁이 아주 특별한 배우라는 거였다. 보통 성숙한 연기력을 보일 정도가 되려면 나이가 어느 정도는 되어야 한다. 그렇지 않은 배우도 있긴 하지만 대부분은 그렇다. 그리고 액션 장면 같은 건 아무래도 젊은 배우가 유리하다.

　주혁은 올해 우리나라 나이로 딱 서른. 그런데 나이답지 않게 아주 깊은 연기 내공을 보여주고 있다. 그리고 액션은 또 어떤가. 20대 초반의 운동선수라고 해도 믿을 수 있을 정도의 움직임을 보여주고 있었다.

　40대의 농익은 연기력에 20대의 팔팔한 운동능력을 보여주는 배우. 거기다가 얼굴과 몸은 또 어떤가. 무술 감독은 정말 액션과 연기가 동시에 필요한 역에는 주혁을 따라갈 수 있는 사람이 없다고 생각했다.

　"하긴 그러니까 이 정도 배우가 된 거겠죠? 생각해 보면 연기 스펙트럼이 엄청나게 넓어요. 저 나이에 저런 배우가 있다는 건 들어본 적이 없거든요."

"하긴 그러네? 지금까지 주혁이 영화나 드라마에서 맡은 역할 중에 비슷한 배역이 없는 것 같은데?"

사람들은 주혁이 지금까지 맡은 역을 생각해 보았다. 괴물과 타짜에서 대사도 없었던 단역을 맡은 건 제외하고.

"커피 프린스의 시크선기, 네오하트의 뺀질이, 추적자의 그 뭐냐, 어 그래, 사팔팔오. 그리고 영화는 영화다에서 간지 나는 조폭."

사람들은 꼽아보고는 깜짝 놀랐다. 각각의 연기를 볼 때는 그냥 '아, 연기 참 잘하는구나.' 하는 생각을 했다. 그런데 작품을 쭉 생각해 보니까 완전 소름 돋는 거였다. 각각의 캐릭터를 같은 사람이 연기했다는 느낌이 들지 않아서였다.

사람들은 하나같이 놀랍다면서 쑥덕거렸다.

"어때요? 잘 나왔나요?"

주혁이 와이어를 풀고 화면을 보러 오면서 말을 걸었다.

사람들이 말 대신 화면을 보여주었다. 말로 할 필요가 없는 장면이었다. 하지만 주혁은 보다가 조금 아쉽다는 표정을 지었다. 그러고는 손가락으로 화면을 가리키면서 말했다.

"아, 여기서 휘두르는 게 조금 더 박력 있었으면 좋았을 텐데… 그래야 맺고 끊는 게 확실하게 보이는데……."

주혁의 말에 감독도 고개를 끄덕였다. 그가 이야기하려고 했던 두 부분 중에서 하나를 주혁이 짚어낸 거였다.

"잘 봤어. 거기서 강하게 한 번 끊어줘야 느낌이 살 것 같아."

액션이라고 계속 치고받으면 되는 게 아니다. 액션도 리듬감이 있어야 하고, 강약 조절이 되어야 한다. 그게 잘 되면 저절로 몸이 들썩이게 되는 것이고, 그런 게 제대로 되지 않으면 밋밋하고 흥분되지 않는 액션이 되는 것이다.

주혁은 그런 걸 잘 캐치했다. 연기에도 나갈 때와 물러설 때를 잘 알았고, 감정을 차곡차곡 쌓을 때와 터뜨릴 지점을 정확하게 집어냈다. 그래서 감독이 무척 편했다. 스스로 알아서 생각하는 것 이상을 보여주는 배우였으니까.

그리고 조금만 이야기해주어도 뭐가 문제인지 곧바로 알아들었다. 그래서 NG도 거의 없었다. 오히려 같은 장면을 다른 버전으로도 찍어보자는 욕심이 생겨서 촬영이 길어지곤 했다. 현장에서 바로 요구해도 주혁은 곧바로 보여주었으니까.

이야기를 마친 주혁은 다시 촬영에 들어갔고, 몇 차례의 촬영을 한 후에 정말 완벽한 장면을 카메라에 담을 수 있었다.

"컷. 오케이."

감독이 마이크에 대고 외쳤고, 그렇게 마당에서의 액션 장면 촬영이 끝났다.

사람들은 다음 촬영을 준비하기 위해서 분주하게 움직였

다. 일부가 담벼락에 장면 촬영 준비를 하는 동안 방에서의 장면을 찍을 예정이었다. 보쌈해 온 과부가 나오는 장면이었다.

주혁이 콘티와 대본을 보면서 준비를 하고 있는데 정예진이 옆으로 다가왔다.

"축하해요."

주혁은 고개를 돌려 정예진을 바라보았는데, 그녀는 생글생글 웃고 있었다. 주혁은 눈썹을 살짝 올리면서 무슨 말이냐는 표정을 지어 보였다.

"청룡영화제 올라간 거 축하한다고요."

그녀는 의자를 가지고 와서 옆자리에 앉았다.

"아, 예진 씨도 노미네이트되었잖아. 그것도 여우주연상 후보로."

"남우주연상에 신인남우상까지 올라간 사람이 할 이야기는 아닌 것 같네요."

정예진은 주혁에게 고개를 가까이하면서 이야기했다. 그녀에게서 나는 은은한 향기가 주혁의 기분을 즐겁게 했다.

"나는 왜 주혁 씨가 그동안 큰 상을 받지 못했는지 잘 모르겠어요."

사실 주혁도 조금 아쉽게 생각하고 있는 부분이었다. 자잘한 상이나 연말에 단체로 주는 상은 받은 적이 있었지만, 권위 있는 상하고는 인연이 없었다. 그런데 이번에 있는 청룡영화상에 동시에 두 부문에 후보로 올라가게 된 것이다.

추적자로 남우주연상 후보로, 그리고 영화는 영화다로 신인남우상 후보로 이름을 올렸다. 재미있는 건 같이 추적자를 한 김준석 선배도 남우주연상 후보로 올라갔다는 거였다.

"남우주연상이야 선배 몫이지. 나는 신인남우상만 타도… 예진 씨는 워낙 상을 많이 타서 덤덤하겠네?"

"무슨 소리. 누구나 후보에 올라가면 떨리는 거라고요."

그녀는 다소 새초롬한 표정을 지어 보였다. 주혁은 순간적으로 정신이 아찔해지는 걸 경험했다. 정말 남자의 마음을 흔드는 마력 같은 걸 가진 여자였다. 이런 여배우와 함께 연기한다고 생각하니 마음이 두근거렸다. 게다가 후반부에는 키스신까지 있지 않은가.

갑자기 키스신 생각이 나니 기분이 싱숭생숭해졌다. 이야기하고 있는 정예진의 입술이 유난히 반짝거리고 있었고, 초롱초롱한 눈과 맑은 얼굴이 사랑스러워 보였다. 하지만 정예진은 그런 걸 아는지 모르는지 종알종알 이야기하고 있었다.

"준비해 주세요."

주혁의 상념은 엉뚱한 사람의 말소리에 깨졌다. 조감독이 와서 정예진에게 촬영 준비를 하라고 말을 건넨 것이다.

"촬영하러 갈게요. 좀 이따 봐요."

정예진은 자리에서 일어났고 주혁은 어색하게 웃으면서

손을 흔들었다. 촬영장으로 걸어가는 그녀의 뒷모습은 정말 고왔다. 현대적인 미녀라고 생각하고 있었는데, 한복을 입은 모습도 상당히 잘 어울렸다.

하지만 흔히 이야기하는 전통적인 아름다움은 아니었다. 그녀만의 독특한 아름다움. 무언가 묘한 분위기를 풍기는 그런 모습이었다.

주혁은 그런 모습이 좋았다. 독특함. 배우라면 그런 매력이 있어야 하지 않겠는가.

배우는 사람들의 시선을 잡아끌어야 한다. 무미건조하고 겉도는 사람은 배우로서는 실격이다. 역할 자체가 그런 경우는 제외하고. 하지만 그런 경우는 거의 없다고 보면 된다. 그 정도 연기력이 되는 사람을 그런 역할에 쓰지는 않을 테니까.

주혁은 마음을 가다듬고 다시 콘티를 보고 있었다. 담벼락에서 있는 액션이 무척 까다로웠기 때문이었다. 와이어를 10개 넘게 달고 담에 옆으로 서기도 해야 했다. 중력을 무시하고 옆으로 서서 움직이는 게 쉬울 리가 있겠는가.

하지만 그동안 연습을 한 결과 이제는 사람들이 CG라고 생각할 정도로 자연스럽게 해낼 수 있었다.

그러나 연습은 연습이고 실전은 실전. 어려운 장면일수록 준비가 철저해야 한다. 주혁은 그 광경을 다시 머릿속에 넣고 어떻게 촬영될지를 상상했다.

주혁의 머릿속에서 굉장한 대결이 벌어지고 있었는데, 갑자기 방 안에서 폭소가 터졌다. 워낙 사람들의 웃음소리가 즐겁게 들려서 주혁의 발걸음이 저절로 방 쪽으로 향했다. 그리고 사람들이 왜 웃는지 알 수 있었다.

"꾸어어어. 우어어에에에엑. 이혀에 아으 이혀에이아오."

과부인 정예진에게 붙어 있던 부적을 떼면, 그녀를 죽이려고 했던 이천댁으로 모습이 변하게 된다. 그런데 이천댁을 맡았던 배우가 재갈을 한 채 뭐라고 하는 연기가 너무 재미있었던 거였다.

사람들은 다들 배꼽을 잡았다. 정말 이 장면은 웃지 않을 수가 없었다. 사람들이 웃음소리가 밤공기를 뚫고 퍼져나갔다. 그 소리에 깜짝 놀라서 차에서 졸고 있던 장백이가 게슴츠레한 눈을 뜨고 촬영장 쪽을 쳐다보았다.

*   *   *

대감 집에서의 촬영은 생각보다 길었다. 일주일이면 충분하다고 생각했는데, 장면에 신경을 더 쓰다 보니 열흘이나 촬영을 해야 했다. 하지만 모두가 만족스러운 시간이었다. 그만큼 훌륭한 액션 장면이 나왔기 때문이었다.

그래서 문경새재로 이동했을 때 분위기는 아주 좋았다. 감독이나 스태프도 정말 우리나라에서 보기 어려운 작품이 나올 것 같다고 들떠 있었고, 배우나 관계자들도 모두 기대감이 넘치고 있었다.

그래서인지 다들 연기에 엄청난 집중력을 보이고 있었다. 이렇게 좋은 분위기에 자기가 초를 칠 수는 없다는 각오가 눈에 보였다.

그리고 CG 팀도 신바람이 나서 작업을 하고 있다고 했다. 사람들을 깜짝 놀라게 해주겠다면서 촬영 팀 못지않게 바쁜 시간을 보내고 있었다.

"야, 니들은 좋겠다. 내일 시상식 끝나고 한잔들 할 거 아냐."

김준석이 주혁과 정예진을 보면서 말했다.

내일은 청룡영화상 시상식이 있는 날이다. 결과야 어떻게 나오든 끝나고 나면 사람들과 어울릴 것이다. 특별한 일이 없는 이상. 그런데 김준석은 특별한 일이 있었다.

"어차피 추적자 팀은 나중에 따로 보기로 했잖아요."

주혁이 웃으면서 말했다. 어차피 김준석이 촬영 때문에 빠질 거라서 추적자 팀은 나중에 따로 시간을 내기로 했다. 그래서 영화는 영화다 팀과 자리를 할 예정이었다. 정예진도 마찬가지로 다른 팀과 자리를 하기로 했고.

"이거 상이라도 받아야 덜 억울하겠는데? 상도 받지 못하고 와서 와이어나 타고 있으면 기분 정말 꿀꿀하겠어."

"무슨 소리세요. 선배님은 거의 확실한 것 같던데요. 제가 걱정이죠."

세 사람은 서로 상대방은 확실하다면서 티격태격했다.

그러다가 주혁이 제안을 했다.

"그러면 이렇게 하죠. 내일 상 받은 사람이 크게 쏘기. 여기 스태프까지 다 해서. 어때요?"

"오케이, 좋지. 스태프까지 몽땅."

"저도 좋아요. 찬성."

셋 모두 찬성했다. 안 그래도 추위에 떨면서 일하는 사람들에게 뭐라도 해주자는 이야기를 종종 했었는데, 말 나온 김에 뭐라도 해줘야겠다고 생각했다.

*   *   *

촬영장은 모처럼 한산한 분위기였다. 비중 있는 배우가 셋이나 시상식에 가야 했으니 그럴밖에. 물론 밤중에 다시 촬영이 시작되기는 하겠지만, 그때까지는 편안하게 쉴 수 있으니 다들 여유로운 표정이었다.

두어 달을 쉴 새 없이 달려왔으니 잠깐의 휴식이 더 달콤하게 느껴졌다. 사람들은 과연 시상식에 참가한 배우 중에서 누가 상을 탈지를 두고 이야기하면서 시간을 보냈다.

"주혁 씨는 무조건 타기는 탈 건데, 뭘 타느냐가 문제겠지."

"둘 다 탈 수도 있지 않을까?"

사람들이 대부분 고개를 저었다. 남우주연상과 신인남우상을 동시에? 세상에 불가능은 없다고들 하지만, 올해 주혁이 두 상을 한꺼번에 거머쥐는 일은 없을 것이다.

"신인상은 모르겠지만, 주연상은 조금 다르지. 출품된 작품만 가지고 보는 건 아니거든. 그동안 쌓아온 것들도 영향을 미친다고. 그러니 주혁 씨는 주연상을 받기에는 아직 이르지."

"그러면 준석 씨가 받을 수 있을까?"

사람들은 거기에 대해서는 쉽게 대답하지 못했다. 주연상은 항상 쟁쟁한 후보들이 많다. 누가 받아도 이상할 것 없는 사람들이 후보들이다. 추적자가 워낙 사람들에게 강렬한 인상을 남겼으니 가능성도 높다고 보았지만, 속단할 수는 없었다. 그래도 기왕이면 김준석이 받았으면 좋겠다고 다들 생각하고는 있었다.

"그럼 주혁 씨는 아쉽지만 신인상이네. 그건 확실해. 솔직히 말해서 나는 주연상도 받을 만하다고 보거든?"

"그거야 당연하지. 주혁 씨가 신인상을 타지 못할 일은 아마 없을 거야. 이야, 그러면 예진 씨만 받으면 완전히 싹쓸이인데?"

"예진 씨는 조금 아슬아슬한 것 같기도 하고."

사람들의 관심사는 과연 남녀 주연상과 신인상까지 전우치에 나오는 배우들이 싹쓸이할 수 있는지였다. 이미 해는 저물어서 촬영장 주변에는 어둠이 내려앉은 상태였지만, 사람들은 이따가 있을 촬영을 기다리면서 잡담을 나누고 있었다.

"있어보자. 이제 슬슬 시상식 할 때가 되지 않았나?"

"뭐, 배우들 한창 도착하고 사진 찍고 그러겠네요."

그들의 이야기대로 배우들이 레드카펫을 밟으면서 속속 입장하고 있었다.

여배우들은 모두 화려한 드레스를 입고 차에서 내렸다.

하지만 날씨는 그다지 좋지 않았다. 아주 쌀쌀했고, 살짝이긴 했지만 눈까지 내렸다. 그래서 포토월에 들어가다가 미끄러질 뻔한 여배우도 있었다.

하지만 레드카펫 주변은 팬들과 취재진이 내뿜는 열기로 가득했다. 그리고 자동차가 도착할 때마다 환호성과 카메라 셔터를 누르는 소리가 레드카펫 주변을 뒤덮었다.

쉬이이익~ 펑. 펑.

폭죽이 터지면서 아름다운 불꽃을 허공에 수놓았다. 사람들은 고개를 들어 하늘을 보았다. 날이 흐려서 별은 보이지 않았지만, 대신 반짝이는 불꽃이 그들의 눈에 담겼다.

"꺄악~"

누군가의 비명 소리에 하늘로 향해 있던 고개가 동시에 아래로 떨어졌다. 정예진이 도착한 걸 보고는 누군가가 소리를 지른 것이었다. 자동차에서 분홍색 드레스를 입은 정예진이 내렸는데, 이미 여러 차례 경험이 있는 그녀는 여유 있게 붉은 카펫 위를 사뿐사뿐 걸었다.

포토월에 도착한 그녀는 기자들을 위해서 포즈를 취했고, 기자들의 플래시에 주변이 환하게 밝혀졌다.

그런데 포즈를 취한 지 얼마 되지도 않아서 경호원이 다가와서는 빨리 안으로 들어가라고 재촉했다.

정예진이 안으로 들어가려고 하자 사방에서 조금만 더 있어달라는 아우성이 빗발쳤다. 하지만 경호원은 계속해서 안으로 들어가라고 재촉했고, 정예진은 어쩔 수 없이 안으로 들어가면서 애교 섞인 말로 미안한 뜻을 전했다.

"예, 감사합니다. 제가 더 찍어드리고 싶은데 자꾸 가라 그래서……."

기자들은 모두 너무 짧은 촬영 시간을 아쉬워했다.

"야, 오늘 너무하는 거 아냐? 사진 찍을 시간은 줘야지."

"말도 마라. 아까는 남자 배우 왔는데, 빨리 들어가라고 뭐라고 하더라고."

　실제로 남자 배우 한 명은 레드카펫에서 뛰다시피 해서 안
으로 들어간 경우도 있었다. 도대체 무슨 말을 들었기에 저러
는지는 모르겠지만, 이건 좀 아니다 싶었다. 다른 시상식과는
달리 오늘은 유난히 경호원들이 고압적이었다.

　그리고 경호원이 고압적으로 나오는 건 기자들에게만이
아니었다. 팬들에 대한 제재도 눈살을 찌푸리게 했다. 한류
스타들이 많이 오다 보니 외국에서 온 팬들도 많았는데, 플래
카드를 걷어버렸다. 팬들은 왜 떼느냐고 항의했지만, 돌려준
다는 말만 하고는 플래카드를 걷어갔다.

　그런데 전부 그런 것도 아니어서 의문을 자아냈다. 경호원
은 떼어낸 플래카드를 가지고 안으로 들어가서 한 곳에 차곡
차곡 쌓아놓았다.

　그리고 그 앞에는 백정우 대표가 서 있었다.

　"내가 이야기한 사람 빼고는 모두 빨리 들여보내야 합니
다. 알았죠? 그리고 플래카드같이 이름이 커다랗게 쓰인 것
도 모두 수거해야 하고요."

　"예, 알겠습니다."

　경호원들이 나가자 백정우는 엔터하이 직원들에게 신신당
부했다.

　"자료로 쓸 거니까 돌아다니면서 신경 써서 찍으라고 해.

알았지?"

직원들은 건성으로 대답했다. 이런 지저분한 일이 기분 좋을 리 있겠는가. 대표가 시키는 일이니 어쩔 수 없이 하고는 있었지만, 내키지는 않는다는 티가 역력했다. 백정우는 직원들에게 어서 나가보라고 채근하고는, 자신도 직접 밖을 한번 둘러보았다.

지금 촬영하는 영상이나 사진은 소속사 연예인들의 홍보 자료로 쓸 거였다.

슬슬 한류가 다시 일어나고 있었다. 그러니 외국으로 진출해야 했다. 그래서 소속사 연예인을 제외한 다른 배우들을 돋보이게 하는 건 최대한 막았다.

올해부터 청룡영화상의 주관사가 바뀌었다. 다행스럽게도 백정우가 꾸준히 파티에 초대한 자가 대표로 있는 곳이어서 도움을 받을 수 있었다. 상까지 어쩔 수는 없었지만, 최대한 소속사 연예인들에게 유리하게 작업할 수는 있었다.

그래서 다른 연예인들은 후딱 들여보내고 소속사 연예인들에게만 시간을 많이 주고 있었다. 그리고 기자들에게도 충분히 사례했다. 엔터하이 연예인들의 기사를 신경 써 달라면서. 그리고 소속사 연예인의 팬들이 걸어놓은 것만 남겨놓게 했다.

사실 이게 얼마나 효과가 있을지는 모른다. 하지만 백정우는 그만큼 다급했다. 이런 거라도 하지 않으면 불안해서 미칠 지경이었다. 이미 중국에서 망신을 당한 후라 조창욱 실장에게 언제 무슨 일을 당할지 모르기 때문이었다.

조창욱 실장. 그는 정말 무슨 짓을 할지 모르는 인간이다. 자신보다 더한 인간일 수도 있었다. 그러니 뭐라도 해야 했다. 자그마한 가능성이라도 있는 건 뭐라도. 그래서 이런 일도 직접 나와서 챙기고 있는 거였다.

그런데 멀리서 약간의 소란이 있었다.

"그건 왜 떼시는 겁니까?"

"예?"

주혁은 차에서 내려서 레드카펫 위를 걸었다. 셋이서 같이 걸었는데, 주혁을 제외한 두 명은 영화는 영화다의 감독과 봉 감독 역을 한 오창석 선배였다. 주혁은 팬들이 열광하면서 자신의 이름을 부르자 환한 미소로 손을 흔들었다.

그런데 팬들이 플래카드를 붙이려 하자 경호원들이 그걸 제지하는 게 보였다. 그래서 다가가서 왜 그러는지를 물었다. 하지만 경호원은 제대로 된 대답을 하지 못했다.

"저희는 그냥 시키는 대로 하는 것뿐입니다."

"지금 이게 위험하거나 행사 진행을 방해하는 게 있습니까?"

경호원들은 대답하지 못했다. 그들은 난처한 표정을 지으면서도 지시받은 일을 묵묵히 수행했다.

주혁은 뜯어말리고 따지고 싶었다. 아니 멀리서 온 팬들의 정성을 이런 식으로 무시하는 경우가 어디 있단 말인가.

하지만 여기서 시간을 지체하거나 소란을 일으킬 수는 없는 일이다. 주혁은 차를 향해서 손짓했다.

"장백아."

다행스럽게도 이쪽을 보고 있었던지 장백이가 바로 달려왔다. 그가 오자 경호원들이 조금 긴장하는 눈치였다. 느낌으로 아는 거였다. 장백이가 보통 사람이 아니라는 것을. 하지만 그들이 우려하는 일은 벌어지지 않았다.

"오늘 일은 제가 대신 사과드리겠습니다. 지금 뭐라도 해드리고 싶은데, 제가 지금 들어가 봐야 해서요. 시간 되시면 이 근처에 계세요. 오늘 끝나고 제가 식사 대접하면서 기념 촬영이나 사인해 드릴게요."

주혁은 장백이에게 혹시라도 지금 가셔야 하는 분들이 계시면 주소랑 연락처를 적어놓으라고 했다. 나중에라도 사인을 보내주겠다면서. 그리고 시상식이 끝날 때까지 이분들과 같이 있고, 근처에 음식점을 좀 알아 놓으라고 했다.

주혁이 일본어와 중국어로도 차분하게 설명해서 모두가 알아들었다. 서른 명 정도 모여 있던 세 나라의 팬들은 감격에 겨워했고, 어떤 팬은 눈물을 글썽이기까지 했다. 주혁은 그렇게 상황을 정리하고 안으로 들어갔다.

*　　　　*　　　　*

주혁은 1부에서 상을 받았다. 송지환과 함께 공동으로 신인남우상을 수상한 거였다. 지환은 주혁의 이름이 먼저 불리자 실망한 표정이었다가 곧이어 자신의 이름이 호명되자 깜짝 놀랐다. 사실 주혁이 워낙 돋보여서 크게 기대를 하지 않았던 거였다.

하지만 지환도 충분히 상을 받을 만했다고 주혁은 생각했다. 둘은 사이좋게 무대로 올라갔고, 주혁이 고생하면서 영화를 같이 만든 모두에게 감사한다는 말로 먼저 수상 소감을 시작했다. 미리 준비해서 떨리거나 하지는 않았다. 그는 당차게 목표를 말하면서 수상 소감을 마무리했다.

"이제 신인상 받았으니까 주연상 받을 수 있도록 노력하겠습니다. 감사합니다."

주혁은 아래로 내려오면서 다른 것보다 손에서 느껴지는 트로피의 감촉이 이렇게 좋은 것인지 처음 알았다. 별거 아니라고 생각했는데, 실제로 트로피를 손에 쥐고 있으니 무언가 뭉클한 감정이 느껴졌다.

무언가 해냈다는 사실을 지금 손에 쥐고 있는 작은 물건이

증명하고 있는 것으로 생각하니, 트로피가 굉장히 특별해 보였다.

그렇게 순식간에 1부가 끝나고 2부가 시작되었다. 주혁은 2부에는 추적자 팀으로 자리를 옮겼다.

드디어 남녀주연상의 차례가 되었다. 남자는 예상대로 김준석이 수상했다. 대종상에 이어 남우주연상을 독식했으니 올 한 해는 정말 김준석의 해라고 보아도 될 듯했다. 김준석이 수상소감을 말하는 중간중간에 카메라가 추적자 팀을 보여주었는데, 주혁의 얼굴도 같이 나왔다.

그리고 드디어 여우주연상의 차례. 영화 제목과 배우의 이름이 호명되고 영화의 한 장면을 보여주었다. 그리고 그 여배우의 얼굴을 카메라가 비췄다. 정예진은 다섯 명 중에서 네 번째로 호명되었는데, 살짝 눈웃음 짓는 그녀의 모습이 무척 귀여워 보였다.

"너무 축하드립니다. 아내가 결혼했다, 정예진."

주혁도 아낌없는 박수를 보냈다. 그녀는 살짝 울먹이면서 소감을 이야기했는데, 사실 뭐라고 했는지는 잘 기억나지 않았다.

"이야, 이런 경우도 다 있네? 이번 청룡영화상은 전우치가 휩쓴 거나 마찬가진데?"

김준석이 기분 좋은 표정으로 말했다. 정예진과 주혁도 얼굴이 살짝 상기된 상태였다. 사람들의 축하를 받다 보니 기분이 저절로 업되었다.

"이러면 셋 다 한턱 쏴야겠는데요?"

"저는 그러면 선물로 할게요. 겨울이라 추우니까 파카 같은 거 하면 좋을 것 같아요."

정예진은 추위로 스태프들이 고생이 많다면서 방한복을 하겠다고 했다. 김준석은 문경새재에서 촬영이 끝나면 회식을 쏘기로 했고.

"그럼 저는 밥차로 할게요. 팬들이 한번 온다고 한 것도 있으니까 그것까지 합쳐서 며칠 잘 먹어보죠."

셋의 이야기는 거기까지였다. 사방에서 축하 인사를 해오고 여기저기 끌려다니느라 정신이 하나도 없었다.

주혁은 안에서의 일정을 마치고 곧바로 팬들이 기다리고 있는 음식점으로 향했다.

영화는 영화다 팀에게는 사정을 이야기하고 양해를 구했는데, 팀원들이 오히려 경호원들을 욕하면서 빨리 다녀오라고 했다. 그나마 공동 수상을 해서 자리를 비우는 게 조금은 수월했다.

음식점에 도착한 주혁은 같이 식사하면서 사진도 찍고, 사인도 해주었다.

하지만 언제까지 있을 수는 없는 일. 한 시간가량 같이 시간을 보낸 후 영화는 영화다 팀이 있는 회식 장소로 이동했다.

주혁과 헤어진 국내 팬은 바로 인증샷을 올리고 팬클럽에 글도 올렸다. 어지간한 기사보다 주혁의 행동이 더 화제가 되었다. 그리고 일본과 중국의 팬도 글을 남겼는데, 그건 며칠 후의 일이었다.

중국의 한 여성 팬은 '격이 다른 대인' 이라는 제목으로 글을 올렸다. 사실 경호원의 행동에 불쾌했었는데, 주혁이 너무나도 잘 대해줘서 그런 감정이 모두 사라졌다고 적었다. 오히려 경호원이 그런 행동을 하지 않았으면 이런 행운은 없었을 거라며 고맙다고까지 했다.

일본의 한 팬은 글솜씨가 굉장히 좋았다. 그녀는 집으로 돌아가서 '신사의 품격' 이라는 제목으로 글을 남겼는데, 반응이 엄청나게 좋았다.

주혁이 얼마나 자상하고 멋진 사람인지에 대해서 구구절절이 적어놓았는데, 글솜씨가 워낙 좋아서 읽는 사람이 현장에 있는 느낌이 들 정도였다. 그리고 그녀가 얼마나 감동했는지가 글을 읽으면 그대로 전해졌다. 그녀의 글 이후로 갑자기 주혁을 보러 한국으로 오는 일본의 여성 팬들이 많아졌다.

그리고 백정우는 무리한 행동 때문에 주관사 대표와의 사이가 틀어졌다. 행사가 엉망이었다는 항의와 비난을 받았기 때문이었다.

"아우, 요즘 하는 일마다 전부 다 왜 이 지랄이야? 씨펄, 야, 거기 누구 없어?"

주관사 대표로부터 질책하는 전화를 받은 백정우는 텅 빈 사무실에서 혼자서 소리를 질러댔다. 하지만 아무도 그 성질을 받아주는 사람은 없었다.

*   *   *

청룡영화상 수상은 주혁에게 있어서 상당히 의미 있는 일이었다. 신인남우상을 받았다는 것보다 그날 팬들과 있었던 일이 굉장한 주목을 받았다. 국내에서 호감 연예인으로 등극한 것은 물론이고 외국에서도 반응이 뜨거웠다.

하지만 나라마다 반응은 조금씩 달랐다. 일본에서는 주혁을 보러 오는 팬들이 급증했고, 중국에서는 방송국이나 기업에서 주혁에게 관심을 두기 시작했다.

"3억 원이요?"

기재원 대표의 말에 주혁은 조금 놀랐다. 톱스타의 경우에야 그보다 더 많은 금액을 받는 사람도 수두룩하겠지만, 주혁은 중국에서의 활동이 거의 없는 거나 마찬가지였던 연예인이었다. 활동이라고 해봐야 얼마 전에 콘서트에 찬조 출연한 정도?

우리나라도 아니고 중국에서 CF 제의가 온 것도 뜻밖이었는데, 모델료도 200만 위안이라는 거금을 주겠다니 이상한 생각이 드는 것도 무리는 아니었다.

"그거 혹시 사기나 그런 거 아니에요?"

"중국에서 자네한테 사기를?"

기 대표는 피식 웃었다. 주혁이 시진핑 주석과 친분이 있다는 것은 중국에서 알 만한 사람은 다 아는 사실이다. 그런데 그런 주혁에게 사기를 친다? 미치지 않고서는 할 수 없는 일이다.

그리고 CF 제의만 온 것이 아니었다.

"예능도 나와 달라는 제의도 왔었어. 후난TV에서 제의가 왔는데 두 개나 왔어. 가만있어보자, 제목이 뭐라고 그랬더라?"

기재원 대표는 서류를 뒤적였다. 손가락에 살짝 침을 바르고 몇 장을 넘기더니 이내 원하는 정보가 있는 부분을 찾아냈다.

"맞아. 천천향상하고 쾌락대본영. 내가 알아보니까 꽤 인기 있는 프로그램이더라고."

중국에서 주혁의 인기는 생각보다 높았다. 실제로 방송이 된 드라마나 영화는 없었지만, 젊은이들은 인터넷을 통해서 다들 주혁의 작품을 접했다. 특히나 인기가 있는 건 영화는 영화다였다.

중국 사람들은 예전에 주윤발에 열광한 것처럼 주혁에게 빠져들었다. 거기에다가 시진핑이나 펑리위안과의 관계. 이번에 한국까지 찾아간 팬들에게 어떻게 했는지까지 복합적으로 작용해서 인기인으로 급부상하고 있었다.

"우리나라 예능도 시간이 없어서 나가지 못하고 있는데, 중국 예능을 어떻게 나가겠어요. 그건 나중에나 생각해 보죠."

"안 그래도 당분간은 어렵다고 이야기해 놓은 상태야. 그런데 저쪽에서는 기다릴 테니까 시간이 있을 때 이야기를 해 보자고 하더라고."

중국에서 주혁에게 관심을 두는 건 여러 이유가 있었지만, 아무래도 시진핑과의 관계가 컸다. 시진핑 주석과 인연이 있는 사람은 대부분 뉴스에서나 볼 수 있는 그런 사람들이었다. 그런데 그런 사람이 예능에 나온다? 시청률은 대박일 게 눈에 보이지 않는가.

그래서 주혁이 설사 인기가 별로 없더라도 출연을 시킬 생각이었다. 시진핑과의 관계 하나만 가지고도 시청률이 보장되었으니까. 그런데 인기도 폭발적으로 치솟고 있었다. 게다가 중국어도 능통했고.

외국 스타가 출연하는 경우 의사소통이 아무래도 불편하다. 그런데 주혁은 그런 제약도 전혀 없다. 시청자들이 좋아할 건 불을 보듯 뻔한 일. 그래서 가능하면 섭외할 인물에서 이제는 반드시 출연시켜야 하는 인물이 된 거였다.

"그래요? 영화 끝나고 시간이 되면 한 번 정도 해보고는 싶네요. 그런데 이상하게 예능하고는 시간이 잘 안 맞아서……."

나가기를 싫어하는 것도 아니었다. 이상하게 시간이 잘 맞지 않아서 출연을 아직 못하고 있었다.

하지만 이번 작품을 끝내고는 조금 쉬고 싶기도 했다. 그동안 너무 바쁘게 연기만 하면서 달려왔다는 생각이 들어서였다.

"그래, 일단 영화 끝나고 생각해 보자고. 그래도 가만히 있는데도 중국에서 이런 반응이 온다는 건 무척 고무적인 일이야. 앞으로는 중국 시장이 꿀이라고, 꿀."

지금이야 일본 시장이 더 컸다. 하지만 중국은 급성장하고 있었다. 전에는 수익 측면에서 비교도 되지 않던 것이 이제는 얼추 따라잡을 것 같은 모양새였다. 이렇게 일이 년만 지나면 중국에서 벌어들이는 수익이 더 클 수도 있어 보였다.

그런 중국시장이라 다른 기획사들도 앞다투어 진출하려고 했지만, 자리 잡는 건 쉬운 일이 아니었다. 그런데 그런 중국

시장에서 먼저 러브콜을 보내고 있으니, 얼마나 즐거운 일인가.

"그러면 CF는 일단 거절하고 예능은 나중에 시간 될 때 추진해 보는 걸로 하자고."

"예, 그 정도면 될 것 같아요."

"그리고 자네가 아직 잘 몰라서 그러는 모양인데, 자네 중국에서 생각보다 유명해. 등급으로도 12등급 정도는 된다고 하더라고."

중국에서는 연예인을 총 20등급으로 나눈다. 1등급이 가장 지명도가 낮은 것이고 20등급은 이소룡이나 등려군 같은 전설적인 스타들이나 가능하다. 현역으로는 성룡 정도가 20등급에 해당하는 스타였다.

12등급이라고 하면 국제적인 지명도를 1년 이상 유지해야 오를 수 있는 등급이다. 그러니 이제 막 이름이 알려진 주혁에게 12등급을 주었다는 건 파격적인 대우였다. 사실 중국에서 20등급으로 연예인을 나눈다는 사실조차 주혁은 처음 듣는 이야기였다.

기재원 대표는 등급에 대해서 자세하게 이야기를 해주었는데, 듣고 나서 주혁은 중국에서 자신을 상당히 높게 평가하고 있다는 사실을 알 수 있었다. 그게 다 사람들 사이에서 인기가 폭발적이어서 그런 거였다.

"그래요? 기분 좋긴 하네요. 앞으로는 중국도 신경을 써야 겠는데요?"

저절로 찾아온 기회이니 굳이 마다할 이유가 없었다. 그리고 중국이 급성장하고 있다는 건 주혁도 잘 알고 있었다. 그러니 이 기회에 중국에 자리를 잡는 것도 나쁘지 않아 보였다.

"그럼 바로 촬영장으로 가는 건가?"

"예, 가봐야죠. 아마 준석이 형이 투덜대고 있을 거예요. 시상식 하고 바로 내려가서 쉬지도 못하고 찍었으니까요."

주혁의 말에 하긴 그렇겠다면서 기재원 대표가 웃었다. 주혁은 촬영장으로 가기 위해서 지하 주차장에 있는 밴으로 내려갔는데, 주혁의 말처럼 그 시각에 준석은 투덜대고 있었다.

"이게 뭔 짓이냐. 상 받은 날부터 지금까지 계속해서 와이어나 타고 있고. 이놈의 신발은 또 왜 이래?"

사실 상을 받은 날은 일정을 빼려고 했었다. 하지만 문경새재 세트장에서의 촬영이라 그럴 수가 없었다. 이곳은 빌리려고 하는 데가 줄을 서는 곳이다. 촬영분이 남았다고 날짜를 미루어가면서 찍을 수 없는 그런 곳이었다. 그러니 하루라도 빨리 촬영을 마쳐야 했다. 빌린 기간이 끝나면 무조건 비워줘야 했으니까.

준석은 가죽 신발을 보면서 허탈하게 웃었다. 날이 워낙 추워서인지 가죽신이 반으로 부러졌다.

그는 어쩔 수 없이 다른 신발로 갈아 신고 다시 액션을 했다. 하지만 말과는 다르게, 사실 기분이 그렇게 나쁜 건 아니었다.

올해 남우주연상이란 상은 모조리 휩쓸었으니 기분이 나쁠 리 있겠는가. 하지만 날씨는 엄청나게 추웠고, 와이어를 타는 건 정말 힘들었다.

"아니 주혁이, 그놈아는 이렇게 어려운 걸 어떻게 그렇게 잘 타는 거야?"

준석은 투덜거리면서도 계속해서 와이어를 탔다. 하지만 좀처럼 오케이가 떨어지지 않았다. 주혁의 와이어 액션이 합격선을 대폭 높여놓은 거였다. 같은 영화에서 누구는 자연스럽게 액션을 하는데, 누구는 어설프게 나와서야 쓰겠는가.

하지만 그게 말처럼 쉽지 않았다. 그냥 주혁의 와이어 액션을 볼 때는 '아. 정말 잘하는구나' 정도로 생각했었다. 그런데 막상 자신이 직접 해보니까 이게 보통 어려운 게 아니었다. 게다가 날씨는 좀 추운가. 아주 죽을 맛이었다.

"다시 가겠습니다."

역시나 오케이는 떨어지지 않았다. 자신이 화면을 봐도 성에 차지 않았다. 배우의 자존심 때문에라도 이대로 넘어갈 수는 없었다. 준석은 있는 힘을 다해서 와이어를 탔다. 하지만 오케이는 나오지 않았고, 그는 이를 갈면서 중얼거렸다.

"내가 다시는 와이어 타는 영화를 찍나 봐라."

*　　　*　　　*

"뭐 봐요?"

"아, 아는 사람이 문자를 보내서."

송아현이 보낸 문자였다. 요즘 들어서 부쩍 연락이 잦았는데, 연기를 계속 해야 하는지 고민이 많은 것 같았다. 주혁은 그냥 이야기를 들어주는 정도만 했다. 사실은 본인도 무슨 조언을 구하고자 연락을 하는 건 아닐 것이다.

사실 송아현이 엔터하이에 소속되어 있다는 사실을 알고는 조금 놀랐다. 엔터하이와는 어울리지 않는 사람이어서 그랬다. 엔터하이가 왜 송아현 같은 무명의 배우를 데리고 있는지 의문이었다. 엔터하이 스타일은 급이 되는 스타를 영입해서 집중적으로 밀어주는 거였으니까.

분명히 무언가 사정이 있는 것 같기는 했지만, 물어보지는 않았다. 본인이 직접 말한다면야 모르겠지만, 그런 걸 상관할 정도의 사이는 아니었으니까.

"그나저나 주혁 씨는 좋겠어요. 황태자 결혼식에도 참석하고."

"나는 신부 측 하객이라서. 학교 동기잖아."

황태자와 수정이는 겨울방학을 하고는 바로 식을 올리기로 했다. 동기가 결혼한다고 하니 참 기분이 묘했다. 그것도 자신보다 훨씬 나이도 어린 동기인데 말이다.

정예진은 자신도 가서 봤으면 좋겠다고 했지만, 초대받은 사람은 그리 많지 않았다.

하지만 그런 이야기는 조감독의 등장과 함께 중단되었다. 그가 온 이유는 항상 같았다. 촬영이 곧 시작된다는 거였다. 오늘은 주막 장면을 촬영하고 밤에는 보쌈하는 장면을 촬영하기로 되어 있었다.

"자, 그럼 가볼까."

주혁은 능청스러운 투로 이야기했다. 촬영에 들어가기 전에 이미 시동을 거는 거였다. 주혁은 전우치의 캐릭터로 빙의해서 움직이기 시작했다.

"자고로 여인은 뒤태가 아름다워야 하는 법이지."

말을 하는 주혁의 입에서 허연 김이 나왔다. 날씨가 워낙 추워서 어쩔 수가 없었다.

그건 앞에 앉아서 대사하는 김해진도 마찬가지였다. 말을 할 때마다 김이 뿜어져 나왔다.

그리고 이어지는 도사의 문하생들과의 액션 장면.

감독은 주혁이 하는 액션 장면을 볼 때마다 감탄하는 부분이 있었다. 그의 액션을 보고 있으면 박자 같은 게 느껴졌다. 쉴 때는 쉬고, 힘을 주어야 할 때는 강하게 몰아쳤다. 그러니 보는 사람이 긴장하게 되었다.

계속 같은 박자로 움직이면 무슨 긴장감이 생기겠는가. 템포를 조절하고 강약을 넣으니 참 별거 아닐 수 있는 장면에서도 묘한 긴장감이 연출되었다. 참 대단한 재주였다.

그렇게 주혁이 중심을 콱 잡고 움직이니 주변 사람들도 편했다.

특히나 카메라 감독이 굉장히 즐거워했다. 특별하게 기교를 부릴 필요가 없었다. 주혁의 움직임을 잘 보여주는 것에 포커스를 맞추고, 번잡한 움직임은 자제했다. 그래야 가장 매력적인 영상이 나왔으니까.

그리고 이어지는 밤 촬영.

밤이 되자 아주 당연히 낮보다도 훨씬 추웠다. 낮에도 입김이 나올 정도였으니, 밤에는 정말 덜덜 떨릴 정도로 추웠다. 하지만 그렇다고 촬영을 하지 않을 수는 없는 일이라서 모두 추위에 떨며 촬영에 임했다.

그럼에도 불구하고 촬영장은 웃음바다였다. 모두가 이천댁의 힘이었다.

"과부가 집안을 망친다아. 과부가 집안을 망천드아엑~"

주혁에게 뒷덜미를 잡혀 쓰러지면서 괴상한 소리를 냈는데, 그녀의 연기에 모두가 쓰러졌다. 확실히 캐릭터가 있는 배우였다. 덕분에 차가운 겨울밤에 촬영하면서도 잠시나마 마음껏 웃을 수 있었다.

그렇지만 촬영은 쉴 새 없이 계속 이어졌다.

지동훈 감독은 촬영하기 전에 주혁과 예진을 불러서 캐릭터에 대해서 다시 이야기했다. 사실 조금 뜬금없을 수도 있는 장면이라서 어떤 부분에 신경을 써야 하는지 미리 말을 하는 거였다.

하지만 실제 촬영에 들어가서 감독은 공연한 걱정을 했구나 싶었다. 둘의 연기가 자신이 생각한 것보다 훨씬 좋았다. 둘 다 어쩌면 그리 능청스러운지 정말 대단하다는 말밖에 나오지 않았다.

"왜 자꾸 저를 따라오시죠?"
"거, 참으로 털어놓기 어려운 건데."

여자에게 보쌈하겠다고 말하는 것이니 말하기 어려운 게

당연하다. 하지만 전혀 그렇지 않은 투로 천연덕스럽게 대사를 하니 참 재미있었다.

그리고 정예진의 반응도 아주 맛깔스러웠다.

"혹시 저를 마음에 두시고?"
"예에… 예?"
"말씀해 주세요. 그 마음속에 제가 있나요?"

감독은 아마도 다른 배우가 했으면 무척 유치한 장면이 될 수도 있었다는 생각이 들었다. 이제 와 생각하니 손발이 오그라드는 그런 장면이었다. 그런데 두 배우가 아주 능청스럽게 연기를 하니 그런 느낌이 없었다.

장난스럽고 유치한데도 매력적이었다. 두 배우 모두 어색하거나 부자연스러운 부분이 없이 아주 사랑스러운 모습을 보여주었다.

감독은 다시 한 번 배우의 힘이 얼마나 큰 것인지 알 수 있었다. 자신이 상상했던 장면이 아니었다. 그 이상을 보여주었다.

"대단하지 않아? 어쩌면 저렇게 연기가 자연스럽지? 엉뚱한데도 너무 귀여워."

"둘 다 정말 연기력 짱이다. 확실히 상 받을 만하다. 상 받을 만해."

뒤에서 여자 스태프들이 수군거리는 소리가 들렸다. 감독은 저절로 고개가 끄덕여졌다. 둘이 왜 이번에 쟁쟁한 경쟁자들을 제치고 트로피를 거머쥐었는지를 여실히 보여주고 있었다.

『즐거운 인생』 7권에 계속…

네르가시아 장편 소설
FUSION FANTASTIC STORY

THE MODERN
MAGICAL
SCHOLAR

현대 마도학자

나르서스 제국의 전쟁영웅이자
마나코어를 개발한 천재 마도학자 카미엘!

그러나 제국의 부흥을 위한 재물이 되어
숙청당하는데…….

『현대 마도학자』

죽음 끝에 주어진 또 다른 삶.
그러나 그에게 남겨진 것은 작은 고물상이 전부였다.

더 이상의 밑은 없다!
마도학자의 현대 성공기가 시작된다!

Book Publishing CHUNGEORAM

내일을 향해 쏴라

김형석 장편 소설

FUSION FANTASTIC STORY

1만 시간의 법칙!
'성공은 1만 시간의 노력이 만든다'는 뜻이다.

그러나…
사회복지학과 복학생 수.
전공 실습으로 나간 호스피스 병동에서
미지와 조우하다.

1만 시간의 법칙?
아니, 1분의 법칙!

전무후무한 능력이 수에게 강림하다!
맨주먹 하나로 시작한 수의
인생역전이 시작된다!

Book Publishing CHUNGEORAM

혼자이 아닌 자유추구
WWW.chungeoram.com

용마검전
FANTASY FRONTIER SPIRIT
김재한 판타지 장편 소설

「폭염의 용제」, 「성운을 먹는 자」의 작가 김재한!
또다시 새로운 신화를 완성하다!

『용마검전』

사악한 용마족의 왕 아테인을 쓰러뜨리고
용마전쟁을 끝낸 용사 아젤!

그러나 그 대가로 받은 것은 죽음에 이르는 저주.
아젤은 저주를 풀기 위해 기나긴 잠에 빠져든다.

그로부터 220년 후……

긴 잠에서 깨어난 아젤이 본 것은
인간과 용마족이 더불어 살아가는 새로운 세상이었다.

Book Publishing CHUNGEORAM